DIE HONIGFLIEGE

Ein Erotikroman

Autorin:
Ingeborg Mistlberger ist Verfassungsjuristin und begeisterte Bridgespielerin. Sie studierte Rechtswissenschaft und Katholische Theologie in Linz/Donau. Bekannt wurde sie mit der Vorstellung ihres ersten Romans „Mörderischer Kontrakt, Die Fälle des Major Joschi Bernauer" auf der Leipziger Buchmesse 2016, die das Interesse von Fernsehen und Presse nach sich zog.

Bibliographische Information der Deutschen Nationalbibliothek
Die Deutsche Nationalbibliothek verzeichnet diese Publikation in
der Deutschen Nationalbibliografie, detaillierte bibliografische
Daten sind im Internet über http://dnb.dnb.de abrufbar.

© 2021 Ingeborg Mistlberger
Herstellung und Verlag
BoD - Books on Demand, Norderstedt
ISBN 9783752685305

Ingeborg Mistlberger

DIE HONIGFLIEGE

Ein Erotikroman

Die Sonne ließ die zarten Flügel des Tierchens golden aufblitzen, als es sich zufrieden und trunken vom Genuss des appetitlichen Tropfens am Rand der dünnen Honigschale am weißgedeckten Frühstückstisch auf der Gartenterrasse ausruhte.

„Grand-père", sagte ich, „une mouche, sie stiehlt Dir den Honig."
„Kind", lächelte er und strich mir über das Haar, „das ist keine Fliege, sondern „une abeille", eine Biene und sie stiehlt mir nicht den Honig, sie ist mein Gast."

Ich war etwas über vier Jahre alt und Großvater, der ein Landgut in der Nähe von Cannes besaß, bestand unnachgiebig darauf, dass ich zweisprachig erzogen wurde. Also sprach ich mit Mutter französisch und mit Vater deutsch. Da wir in Österreich lebten, bestand das Ergebnis in einem Mischmasch aus beiden Sprachen, doch was nicht war, konnte ja noch werden.
Seit diesem, bei jeder Gelegenheit zitierten kleinen sprachlichen Fauxpas meinerseits blieb der Name Mouche an mir hängen wie eine Klette und zwar so nachhaltig, dass sich nach einiger Zeit vermutlich kaum mehr jemand an meinen richtigen Namen erinnerte. Ich für meinen Teil hätte allerdings abeille der Fliege weitaus vorgezogen, aber leider wurde meinem Wunsch in keiner Weise entsprochen, es blieb bei Mouche.

In Widerstand zu dem mir verpassten Kosenamen begann sich nun überproportional mein Interesse an der Bienenwelt zu verfestigen.

Mit acht Jahren verliebte ich mich das erste Mal und unsterblich in Großvaters Imker und jedem Ferienaufenthalt in Frankreich fieberte ich, die Tage zählend, freudig entgegen.

Als ich allerdings während eines Gewitters die Flugöffnungen der Holzhäuschen mit Plastiksäcken zustopfte, um die Bienen vor Nässe und Zugluft zu schützen, wurde mein Angebeteter sehr böse und drohte damit, sich bei meinem Großvater zu beschweren, sollte ich je wieder in die Nähe der Bienenstöcke geraten.

So endete meine erste große Liebe in einem Desaster.

Das Leben erschien mir nun eher endlos und langweilig.

Natürlich bestand Großvater darauf, dass ich im Lycee Francois de Vienne erzogen wurde und da ich das Ecole Elementare bereits erfolgreich hinter mich gebracht hatte, folgte das Lycàe, ein dreijähriges Gymnasium im achten Wiener Gemeindebezirk mit Schwerpunkt im Erlernen und Anwenden der französischen Sprache. Ich langweilte mich zu Tode. Außerdem verfestigte sich hier mein Spitzname Mouche derart, dass ich sogar in einer schriftlichen Beschwerde meiner Klassenlehrerin an meine Eltern so bezeichnet wurde. In der Folge beschloss man daraufhin, dass ich Nachhilfe in Französisch bekommen sollte.

Entgegen meiner Besorgnis trat der Ernstfall nicht ein. Nicht wie befürchtet, geriet ich in die Fänge der vertrockneten Blüte aus Grasse im Department Alpes-Maritimes, Mademoiselle Stephine, sondern einer der begabtesten Studenten sollte nun meine französische Sprache voranbringen.

Ich fand, er sei der Lichtblick in meiner grauen Welt. Etwas über mittelgroß und schmal, helles rotes Haar und blaue Augen. Am schönsten schienen mir seine Hände. Schlanke Finger und weiß, wie sein ganzer Körper überhaupt, bis in die kraftvollen Waden, die mich stark an die gedrechselten Holzbeine von Vaters Rokoko-Schreibtisch erinnerten, die in die üppig geschnitzten Schäfte an den Tischkanten, ähnlich den Gesäßbacken meines Nachhilfelehrers, übergingen. Er war der schönste Mann, den ich je gesehen hatte.

Jeden zweiten Tag kam er in mein Zimmer, legte ziemlichen Ernst darein mein Französisch zu verbessern und mein Herz klopfte zum Zerspringen. Während er eifrig bemüht war, meine Aussprache zu perfektionieren, verlangte ich nach Atemübungen und rückte ganz nahe an sein Gesicht heran, um ihn meine Aussprache kontrollieren zu lassen. Ich legte auch bisweilen meine Hand auf sein Knie, wenn ich aufmerksam seinen Ausführungen lauschte, aber er schien es nicht zu bemerken und ich begann bereits körperlich zu leiden. Das Pochen zwischen meinen Schenkeln nahm so sehr zu, dass ich die Beine aneinander klemmen musste. Irgend etwas konnte mit mir nicht in Ordnung sein, aber auch mein Französisch machte keine wesentlichen

Fortschritte. Eines Tages hatte er eine amerikanische Zeitschrift in seiner Tasche, deren Titelbild ein Mädchen mit offenem langen Haar und ausladendem nackten Busen zeigte.

Ich blickte in den Spiegel und betrachtete mein Brüste, oder zumindest die Stelle, wo ich sie eigentlich vermisste. Nun war alles klar, ich hatte keinen Busen, ich war uninteressant.

Da es nicht meine Art ist, zögerlich zu sein, begann ich strategisch vorzugehen. Sophia Loren, hatte ich gehört, hatte ihre tolle Oberweite dem ständigen Verzehr von Spaghetti zu verdanken, andere schworen auf das Einreiben mit Hühnerjauche. Ich entschied mich vorerst für die Spaghetti. Also begann ich Pasta zu essen, bis mein Angebeteter eines Tages sagte: „Wenn Du soviel frisst, wirst Du bald aussehen wie eine Tonne.“

Da trotzdem das Aufschwellen meines Busens ohnehin nicht eintreten wollte, beschloss ich zum härteren Mittel zu greifen. Hühnermist war nicht aufzutreiben, aber mein Pferd lieferte jeden Tag neuen Kraftstoff für dieses Vorhaben. Natürlich war ein solches Fördermittel zur äußeren Anwendung bestimmt, aber der einzige Erfolg, den ich zu verzeichnen hatte, ergab, dass ich nach kurzer Zeit vom Unterricht nach Hause geschickt wurde, weil sich seit einiger Zeit kein Sitznachbar mehr für mich fand. Mein Busen aber hatte noch immer das Ausmaß zweier Nussschalen, also musste auch hier etwas schief gelaufen sein.

Nachdem ich zwei verheulte Tage in der Badewanne zugebracht hatte, um wieder zwischen den Lebenden geduldet zu werden, hatte ich plötzlich den Wunsch, meinem busenlosen Leben ein Ende zu setzen und die Donau sollte es sein, in der ich Leben und Liebe aushauchen wollte.

Als ich jedoch die kleine Bank in den Donauauen, auf der ich so oft meine unerfüllten Träume ausgelebt hatte, ansteuerte, fand ich sie leider besetzt.

Beraubt um einen tränenreichen romantischen Abschied von dieser Welt vor traurig plätschernden Wellen, sah ich zwei junge Männer, die sich eng umschlungen hielten und küssten, während ihre Hände gegenseitig die zauberhaften Stellen, die mir ständig verweigert wurden, mit rohen Bewegungen traktierten. Der schöne Rothaarige in diesem Stillleben war mein Nachhilfelehrer. Aus Wut auf ihn habe ich dann darauf verzichtet, mich umzubringen.

Die einzige Person, vor der ich schonungslos meinen Kummer ausbreiten konnte, war Großvater. Also beschloss ich, mich bis zu den kommenden Ferien meinem Schicksal zu stellen und mit wunder Seele Französisch mit Mademoiselle Stephine zu pauken. Bis zum Beginn der Ferien hatte ich es sogar so weit gebracht, dass ich davon überzeugt war, abgeklärt und erfahren genug zu sein, um männliche Wesen aus meinem Leben als wertlos zu streichen und dies inzwischen in perfektem Französisch.

Großvater umfing mich mit liebevollem Verständnis.

„Ma petite mouche", sagte er, „es gibt Dinge im Leben, die Dich erst traurig machen, aber wenn Du sie kennst, können sie auch sehr unterhaltsam sein. Du bist jetzt ein großes Mädchen und damit an der Reihe, Dich zu amüsieren."

„Grand-père, wie soll das gehen?", fragte ich. „Ich habe ihn geliebt, und er hat mich beleidigt."

„Siehst Du", sagte er, „nicht alle Menschen sind gleich. Es gibt welche, die mögen sich mehr als andere, das weißt Du doch?"

Natürlich wusste ich es, ich hatte diesen Verräter ja auch geliebt und nickte zustimmend.

„Na siehst Du", sagte er, „manche jungen Männer lieben junge Frauen."

„Ja", warf ich ein, „aber nur diejenigen mit großem Busen."

„Manchmal", lächelte er „und manchmal nicht. Es gibt auch Männer, die nur Männer lieben und Männer haben auch keinen Busen."

„Das ist gemein", schmollte ich.

„Mon enfant, Du bist ungerecht".

„Ungerecht?", fragte ich empört.

Er sah mich ernst an.

„Es gibt auch junge Frauen, die nur Frauen lieben. Das ist doch auch gerecht, oder nicht?"

Ich überlegte: Wenn es Frauen gab, die Frauen liebten, warum sollte das dann für Männer nicht ebenso sein? Mein Französischlehrer war dann also einer von denen, die nur einen Mann lieben wollten.

„Ehrlich Grand-père, es war nicht, weil ich keinen Busen habe?"
„Großes Ehrenwort."
„Aber die Zeitschrift in seiner Tasche?"
„Es könnten auch Bilder gut aussehender Männer in dieser Zeitschrift gewesen sein."

Was uns nicht umbringt, macht uns stärker. Eine Behauptung, die ich voll und ganz bestätigen konnte. War ich nicht aus dieser Tragödie aufgestiegen wie Phönix aus der Asche? Im Grunde hatte ich es doch immer gewusst, dieser Mann war meiner nicht würdig und natürlich hatte ich mir aus Mitleid eingeredet, ich würde ihn lieben. Gerührt stellte ich fest, welch gutes Herz ich hatte.

Doch bald musste ich erkennen, dass der Effekt dieser Erfahrung eine völlige Umkehr zur Folge haben konnte. Als ich in die Schule zurückkehrte, fiel es mir wie Schuppen von den Augen, dass der Nachhilfelehrer mein Mitleid nicht verdient hatte. Er war lächerlich blass und dünnbrüstig und die gelborangen Haare umrahmten ein Pferdegesicht mit wässrigen Augen.
Zu meinem Leidwesen befand sich aber in meiner näheren Umgebung auch kein anderes männliches Wesen, das es wert gewesen wäre, näher hinzusehen. Das Leben glitt nun träge dahin wie ein erdiger Fluss und dann stellte ich eines Abends fest, dass meine mageren Brüstchen sich zu runden begannen. Von da an stand ich jeden Tag mindestens eine Stunde vor

dem Spiegel und probierte jede Art von Massage aus, um das wunderbare Wachstum zu beschleunigen.

Bald kehrte auch mein Interesse am anderen Geschlecht zurück, aber, um die Sache diesmal richtig anzugehen, orientierte ich mich nun am Urteil meiner Umwelt. Vornehmlich betrachtete ich jetzt Plakate, auf denen Lokalgrößen der Unterhaltungsbranche und Schauspieler abgebildet waren.

Besonders hatte es mir ein aufstrebender Sänger angetan, der im Duo mit einem zweiten Kerl Pop-Musik spielte und dazu sang. Mittlerweile waren die beiden dem Kokon der Provinz schon etwas entwachsen und hatten sogar einige gute Plätze in den Charts belegt.

Den größeren der beiden fand ich toll. Muskulös und braungebrannt mit wehenden dunklen Haaren wusste ich, als ich erste Reihe fußfrei bei seinem Konzert saß, dass er genau der Typ war, den ich brauchte. Allerdings hätte ich, um ihn zu treffen, Flügel gebraucht, denn die beiden traten österreichweit auf, eben dort, wo sie gerade ein Engagement bekamen.

Ich beschloss also, meine Mutter, die, wie ich wusste, das schwächste Glied in der Kette war, so lange zu drangsalieren, bis sie mich zu den verschiedenen Konzerten chauffierte. Den anfänglichen Widerstand versuchte ich zu brechen, indem ich mich ziemlich erfolglos weigerte, ansonsten weiterhin die Schule zu besuchen. Große Ziele verlangen aber auch die härtesten Einsätze und so drohte ich schließlich damit, mich umzubringen, wenn ich meinem Idol nicht nahe sein konnte.

Diesen Belastungen war meine Mutter nicht gewachsen, sie weinte und bestand darauf, meine ramponierten Nerven in fachkundige Hände zu legen, und ehe ich mich versah, saß ich einem renommierten Psychiater gegenüber, der mir das Leben wieder erträglich machen sollte, für ein Schweinegeld natürlich. Aber so weit kam es nicht, denn der Mann verstand zwar sein Geschäft, aber nichts von Geschäften.
„Sparen Sie Ihr Geld", sagte er zu Mutter „und versohlen Sie dafür Ihrem Fratzen den Hintern."
Mutters Tränenfluss endete letztlich in Kapitulation.
Wir fuhren nun kreuz und quer durch Österreich, studierten die Liste mit Auftrittsdaten und -orten, wobei ein nie erwähntes „must" eingehalten wurde. Unsere Plätze hatten in der ersten Reihe vor der Bühne zu sein.
Ich putzte mich heraus, legte, um die Angelegenheit etwas schneller in Schwung zu bringen, eine Schicht Schaumstoff in den Büstenhalter und wurde meinem Idol so nach und nach vertraut. Auch Ordnungskräfte, die mich mit anderen Groupies abzudrängen versuchten, konnten mich nicht aufhalten. Einmal habe ich einfach nach seinem Gürtel gegriffen und mich daran festgehalten.
„Ja, wen haben wir denn da?", fragte er.
„Mich", sagte ich lediglich und er holte mich in seine Garderobe. Ab jetzt wurde meine Mutter nicht mehr gebraucht, denn nun nahm er mich mit.
Ich war sechzehn Jahre alt und hoch zufrieden. Dass ich, wenn mein angenehmes Leben so weitergehen

sollte, die Schule einigermaßen erfolgreich zu Ende brachte, verstand sich von selbst.

Als ich im Rahmen der Matura zu einer mündlichen Nachprüfung in Latein antreten musste, stand plötzlich mein Schwarm im Prüfungszimmer, um mich abzuholen. Zu einer Reise als Belohnung für die bestandene Matura, sagte er.
Das Professorenkollegium war beeindruckt, immerhin handelte es sich ja bereits um den Lokalmatador der Schlagerszene, und man entließ mich vorzeitig aus dem Prüfungsstress, sodass ich mit erhobenem Kopf und stolz geschwellter Brust, auch ohne die Schaumstoffeinlage im Bustier, von dannen schreiten konnte.
Ich widmete mich nun ausgiebig und verdient dem süßen Leben im Showgeschäft und erwartete von meinen jetzt nicht mehr unbeachtlichen Formen, dass sie den Geruch des süßen Honigs, der die männlichen Gelüste auslöst, unwiderstehlich ausströmten. Meinem immerhin mehrere Jahre älteren Idol fühlte ich mich schon bald haushoch überlegen. Welche Rolle spielte er denn eigentlich? Wenn es mir gefiel, würde ich ihm einfach mein Zuckerschnäuzchen verweigern. Basta.
Aber irgendwann begannen die Dinge wiederum aus dem Ruder zu laufen.

Hatte meine Mutter vielleicht gehofft mich in die Prominenz hinein zu verheiraten, erfuhr sie jetzt eine herbe Enttäuschung.

Eines Tages stand ich mit meinen Koffern vor der Tür und war nicht nur hinausgeworfen worden, nein, die Frau, die der Kerl in Kürze heiraten würde, hatte bei meinem Abgang schon die Wohnungstür hinter mir zugeschlagen.

Ich musste also wieder einmal erleben, wie schäbig Männer sein konnten. Sie benutzten Frauen nur, oder gemeinerweise auch nicht, aber ich würde das nicht so einfach hinnehmen. Nichts brauchte ich jetzt mehr als Rache.

Sorgfältig begann ich also die Auftritte meines miesen Exfreundes zu studieren und hatte dann meine Wahl getroffen. Das Einkaufscenter unseres prominentesten Baumeisters würde einen runden Geburtstag begehen und der angekündigte Star sollte mein angepeiltes Opfer sein. Nachdem zur Feier des Tages kräftige Preisnachlässe garantiert wurden, war ich sicher, genügend Publikum für meinen Auftritt zu bekommen.
Wichtig war es jetzt, in Hochform zu sein.
Frisur und Make-up allein verlangten bereits einige Stunden Arbeitszeit, ein figurnahes Minikleid und hochhackige Overknees brachten mich in Kriegsstimmung und der weiße knöchellange Fuchsmantel, den Großvater mir zu Weihnachten geschenkt hatte, ließ mich vor Freude geradezu aufheulen. Riesige Creolen Ohrringe vervollständigten dann das Bild einer hinreißenden Femme fatale.

So gerüstet erschien ich im Einkaufscenter und kam auf meinen Ex zu, der eben einen seiner Hits beendete und sich zur Autogrammstunde rüstete, seine Frau stand am Tisch mit den CDs, die signiert und verkauft werden sollten.

Und das war mein Auftritt. Ich trat wie zufällig aus den Zuschauern, blickte meinem Ex überrascht in die Augen und eilte auf ihn zu, wobei ich mein Brigitte-Bardot-Lächeln zur Schau trug und ihn, der nicht damit gerechnet hatte, umarmte und auf beide Wangen küsste. Natürlich hielt ich ihn so lange fest, bis sämtliche Fotografen ihre Bilder geschossen hatten.

Leider hatte ich nicht mit dem Ordnungsdienst gerechnet. Zwei dieser Muskelprotze im schwarzen Anzug traten dezent heran und drängten mich allein durch ihr Gewicht von der Bühne. Ich hatte nicht einmal mehr Zeit festzustellen, wie mein Auftritt angekommen war, denn man gab mir deutlich zu verstehen, das ich im Einkaufszentrum unerwünscht war.

In den nächsten Tagen erkannte ich, wie scheinheilig die Welt in Wirklichkeit war. In keiner Zeitung befand sich auch nur ein einziges Foto von meinem großartigen Auftritt vor versammelter Menge.

Meine Eltern waren tief erschüttert durch das Unglück, welches ihre kleine Fliege wiederum getroffen hatte. Um mich ein wenig zu trösten, kauften sie mir eine Wohnung im achtzehnten Stockwerk eines eleganten Hochhauses, klein aber mein, wo ich dann mit einem Schäferhund und zwölf Vögeln in drei Käfigen einzog.

Lästigerweise war ich damals in einer Galerie beschäftigt und musste zwei Mal am Tag quer durch den ersten Bezirk in mein Heim eilen, um das Hündchen Gassi zu führen. Also suchte ich dringend eine Vertrauensperson, die geeignet war, einmal am Tag fünfzig Kilogramm Hund in den nächsten Beserlpark zwecks dringender Geschäfte zu führen.

Hilfe kam, als ich bereits am Rande meiner Belastungsfähigkeit war.
Mein Hund, der mich an diesem Tag derart quer durch Regen und Quatsch geschliffen hatte, dass ich am Ende große Ähnlichkeit mit einer Wasserleiche in nassen Fetzen aufwies, drängte sich plötzlich in ein trübseliges, abgetakeltes Beisel. Ganz offensichtlich hatte auch er von so viel Feuchtigkeit genug und traf sogar eine gute Wahl. Hier konnte ich mich auch in meinem momentanen Aufzug noch sehen lassen, denn wenn die Welt einen Einlauf bräuchte, dort würde er ihr gemacht.
An kleinen alten Tischen hockte gemischtes Publikum. Alte Männer mit Stirnglatze und Zopf, die Zeitung lasen. An einem Tisch wurde Karten gespielt und die nicht abgeräumten Gläser beeinträchtigten zwar die Bewegungsfreiheit der Spieler, wurden aber nicht bekrittelt. Andere wiederum saßen vor ihrem Getränk und starrten teilnahmslos vor sich hin. Einige zündeten sich eine Zigarette am Zigarettenstummel von vorher wieder an und die Aschenbecher quollen über. Was mochte in dem Hinterzimmer, das durch eine schmale Tür

mit einem Deckenvorhang zu betreten war, vorgehen, fragte ich mich neugierig. Meine Phantasie begann zu arbeiten. Wie musste man sich fühlen, wenn man sich unbeobachtet durch den Vorhangspalt in eine geheimnisvolle Welt voller Laster und Verschwörungen schob?

Ich enterte einen kleinen Tisch unter den Garderobehaken und orderte einen Espresso bei der herbeigeschlurften Kellnerin.

Ihre verwaschene, graue Kleidung war früher sicherlich schwarz gewesen und hatte sich ganz offensichtlich mit der Zeit der Gesichtsfarbe ihrer alterslos scheinenden Trägerin angepasst.

Kurz darauf teilte sich der Vorhang zum Hinterzimmer und es durchzuckte mich wie ein Blitz. Der Bursche, der da ein Tablett mit sauren Brötchen hereintrug, war genau das, was ich brauchte und suchte.

Die dunklen Haare, die ihm bis auf die Schultern fielen, und seine Gesichtszüge waren die eines Süditalieners. Er war mittelgroß, aber von tadellosem Muskeltonus und ich wusste, dass ich ihn haben musste.

Natürlich bestellte ich jetzt auch noch zwei Brötchen und hoffte, er würde sie mir an den Tisch bringen. Das tat er nicht, sondern verschwand wieder hinter dem Vorhang.

Wie konnte ich also seine Aufmerksamkeit erregen?

Plötzlich erschien mein Wunschtraum wieder mit einer Wasserschüssel für meinen Hund. Er hatte mich also doch bemerkt.

Jetzt musste ich auch noch seinen Namen wissen.

„Das ist aber lieb", strahlte ich und schob meinen Hund an die Front: „Sag dem lieben Herrn schönen Dank". Aber das undankbare Tier nahm weder mich noch die Wasserschüssel zur Kenntnis. „Komm", gurrte ich weiter „sag dem Onkel ..", aber hier wartete ich vergeblich auf den Namen meines eben erwählten Herzblattes.

In der Folge tauchte er zwar leider nicht mehr auf, aber ich würde auch diese Hürde zu nehmen wissen.

In der Gewissheit, dass ich wiederkommen würde, gab ich großzügig Trinkgeld. Der Dank dafür erfolgte in einem gnädigen Kopfnicken der Kellnerin, aber als ich bereits im Hinausgehen war sagte sie plötzlich: „Er heißt Marco."

Marco begleitete jetzt alle meine Gedanken. Ich bevorzugte ab sofort Fernsehunterhaltung mit Liebesszenen, fühlte mich hinein in die Arme Marcos und anstatt Dusche zog ich jetzt das Bad in der Wanne vor und wenn ich die Innenseite meiner Oberschenkel mit duftender Seife streichelte, fühlte ich wieder das wundervolle Ziehen zwischen den Beinen und ein Bedürfnis, dessen Erfüllung ich in Kürze genießen würde.

Von jetzt an war ich Stammgast in dem Café, das mir direkt schon ans Herz gewachsen war, als Marco eines Abends zu mir an den Tisch kam.

Jetzt würde ich meine Chance nutzen. Ich lehnte mich so aufreizend zurück, dass mein T-Shirt, das ohnehin eine Nummer zu klein geworden war, verdächtig in den Seitennähten knirschte und zusammen mit meiner sonstigen Brigitte-Bardot-Aufmachung würde ihn das mit Sicherheit scharf werden lassen. Ich hätte mich so gerne fest an ihn gedrückt und würde fühlen, wie ich ihn zu behandeln hätte. Wie schön also, dass es das Hinterzimmer gab.

„Sie haben Emmi gesagt", er sprach von der Kellnerin, „dass Sie jemanden suchen, der Ihren Hund während des Tages ausführt?"

Noch besser, dachte ich, und sah mich mit ihm schon auf meiner Couch liegen.

„Ja, sehr dringend", flirtete ich, „und ich bin auch wirklich nicht kleinlich."

„Das ist gut", sagte er, „mein Bruder ist Student und könnte das übernehmen, er hat auch reichlich Erfahrung mit Hunden."

Mein bereitwilliger Schoß erstarrte zu Eis.

„Ihr Bruder?", fragte ich.

Aber dann fiel mir ein, dass so die Chance für mich über den Bruder an das Objekt meiner Begierde heranzukommen doch auch nicht schlecht war. Wenn sich der Junge noch etwas zieren wollte, von mir aus, irgendwann würde er die Beherrschung verlieren.

„Er wohnt hier im Haus, Sie könnten sich auch gleich mit ihm besprechen."

Der Bruder wurde Beppo gerufen und war ein sicher vertrauenswürdiger Hundesitter. In dieser Hinsicht war mir schon geholfen und die andere Sache konnte man jetzt verstärkt angehen, sozusagen in Familie.

Beppo bekam meinen Wohnungsschlüssel und einige begleitende Informationen, dann schlug ich vor: „Wenn wir uns schon den Hund teilen, könnten wir auch diese

formelle Anrede ablegen. Ich bin Mouche", sagte ich gewohnheitsmäßig, „Du bist Beppo?"
Beppo grinste: „Weißt Du, dass Mouche im Französischen Fliege bedeutet?"
„Ja, leider. Mein Großvater ist Franzose, ich kann Euch das ja später einmal erzählen."
Ich hatte also bereits Euch gesagt, aber Beppo schien es nicht zu bemerken.
„Wieso weißt Du das mit der Fliege?" fragte ich.
„Ich studiere Französisch für das Lehrfach", grinste er, „ich bin also absolut zuständig für dieses Gebiet."
Beinahe hätte ich gefragt: „Und Marco?"
Da Beppo nicht im Café beschäftigt war, hatte ich jetzt ständig mit Marco die Gespräche bezüglich der Hundebeaufsichtigung zu führen. Jede Möglichkeit, zu ihm hinter den Vorhang zu verschwinden nutzte ich schamlos aus. Durch das Hinterzimmer ging es in die kleine Küche, in der Marco die wenigen angebotenen Speisen erzeugte. Natürlich quetschte ich mich dabei in den winzigen Raum und schloss die Tür.
„Verflucht", sagte ich mir nach einiger Zeit, „man könnte vom Feinsten haben, aber man will anscheinend nicht."
Allerdings hatte es sich Beppo inzwischen zur Gewohnheit gemacht, mit dem Hund noch in meine Wohnung zu kommen, auch dann, wenn ich bereits zuhause war und es mir schon gemütlich gemacht hatte. Vergraulen wollte ich ihn aber nicht, denn ich brauchte dringend den Kontakt zu Marco, also lud ich ihn zum Kaffee ein und plauderte ein wenig mit ihm. Seit neu-

estem nahm er jetzt neben mir auf der Couch Platz. So kamen wir uns näher, aber im Hinblick auf mein erstrebtes Ziel hielt ich tapfer durch, und da er jetzt immer länger blieb und man doch nicht ständig Kaffee trinken konnte, wechselten wir zu Rotwein über.

Überaus drollig fand ich dabei, dass er mich immer wieder bat, ihm Dinge zu erzählen, die ich erlebt hatte und sich ungeheuer amüsierte dabei. Besonders genoss er die Geschichte mit meinem Nachhilfelehrer in Französisch.

„Mit einem Mann hast Du ihn erwischt", grinste er, „unglaublich, wenn man Dich kennt."

Das hatte ich inzwischen auch so gesehen.

„Ich hatte damals noch nicht genügend Selbstbewusstsein", sagte ich, „es hat mich schrecklich aufgeregt."

Dann nahm ich sein leeres Glas und griff zur Flasche um nachzuschenken.

„Wegen dieses Idioten? Du hast doch alles, was ein Kerl braucht."

Ich nickte zustimmend und spürte gleichzeitig seine Hände unter meinem Büstenhalter. Das ging nun doch etwas zu weit.

„Lass das", sagte ich und versuchte sein Hände wegzuschieben, aber er drängte mich seitlich nieder und zog mir das Negligee aus, so gut es ging.

„Ich will Deinen Bruder im Bett haben", sagte ich aufgebracht, „nicht Dich."

„Das wissen wir alle, aber vorderhand kriegst Du mich."

Es ging alles so schnell. Beppo war blitzartig aus seinen Klamotten und an die nächste Viertelstunde habe ich keine richtige Erinnerung mehr. Es gibt einfach Dinge, die man nicht erklären kann.
Er ging, nachdem wir uns ausgeruht hatten.
„Übrigens, vergiss Marco, der steht nicht auf Dich", sagte er noch und tätschelte meine Wange. Ausnahmsweise glaubte ich ihm.
Gelegentlich habe ich dann mit Beppo geschlafen, aber nur geschlafen, denn sonst haben wir uns miteinander lediglich gelangweilt.

Das Leben lief nun träge dahin. Ich begann mich an die Qualitäten Beppos auf meiner Couch zu gewöhnen, denn sie waren der einzige Genuss, über den ich in dieser öden Zeit verfügte. Die Tage wurden kürzer und trübe und damit kamen auch die Depressionen zurück.
Ganze Nächte grübelte ich über meine Einsamkeit, erzählte meinem Hund bedrückt Geschichten meiner verlorenen Lieben bis ich mit Tränen der Rührung über mein unglückseliges Leben in kurze Wachträume verfiel. Der Mangel an Schlaf begann an meiner Kraft zu zehren, oft konnte ich morgens nicht rechtzeitig aufstehen und die Galerie blieb geschlossen, bis die Besitzerin gegen zehn Uhr die Räume öffnete. Eines Tages stellte sie mich vor die Wahl, entweder rechtzeitig meinen Dienst anzutreten oder ohne Dienstzeugnis das Arbeitsverhältnis zu beenden.

Natürlich hätte ich längst bemerken müssen, dass diese Frau keinerlei Rücksicht auf andere Menschen nahm. Wer war es nur, der von der Ausbeutung des Menschen durch den Menschen gesprochen hatte? Vermutlich war es Karl Marx gewesen, oder vielleicht Engels?

Egal, ich verließ diese herzlose Person, denn die monatliche Zuwendung meiner Eltern ermöglichte es mir, Gott sei Dank, nicht unter dem Joch gleichgültiger Menschen leben zu müssen. Ich vergrub mich einige Tage in meinem Bett und hatte dann endlich einen Entschluss gefasst.

Es war sicherlich ein Fehler von mir gewesen, unabhängig und allein zu leben, dazu hätte ich stärker sein müssen. Schließlich war ich ja nicht einmal mehr in der Lage gewesen, mich gegen meine Arbeitgeberin zu wehren.

Und, warum musste es auch unbedingt die große Liebe sein, ein lächerliches Klischee, wenn mir Beppo alles gab, was ich brauchte? Hatten wir denn nicht wundervolle Erlebnisse zu zweit in meinem kleinen Reich? Ich sehnte ihn immer mehr herbei und in meiner Vorstellung schmerzte mich ständig das Gefühl, ihn nicht ständig spüren zu können.

Also fasste ich einen Entschluss. Ich würde ihm erlauben, bei mir zu wohnen. Vor meinem geistigen Auge sah ich bereits das häusliche Glück, in dem wir uns wie die Turteltauben aneinander schmiegten.

Mein Lebensgefühl erwachte zu lodernden Flammen. Ich malte mir aus, wie ich alles vorbereiten und vielleicht auch einige Veränderungen an der Wohnung vornehmen würde.

Und ich hatte ein umwerfendes Weihnachtsgeschenk für ihn, denn genau unter dem Christbaum wollte ich ihm die gute Nachricht bringen.

Ich würde dabei, überlegte ich, rote Spitzenunterwäsche und Strapse unter einem roten Seidennegligee tragen, denn Rot lässt mich absolut umwerfend aussehen. Wenn er dann erfasste, was ich eben gesagt hatte, durfte er sein Paket auspacken: Mich!

Ich genoss immer wieder die herrliche Vorstellung, wie er mich langsam und genussvoll aus der Seidenwäsche schälen würde, Stück für Stück. Wie er mir den Mantel von den Schultern gleiten ließ, den Büstenhalter öffnete und die Strümpfe von den Strapsen löste. Oder vielleicht öffnete er erst die Strapse, um meine Brüste dann langsam zu umfangen und zu küssen?

Vielleicht riss er mir aber auch sofort die Wäsche vom Leib und warf mich auf den Teppich, um mich unter dem von brennenden Kerzen erleuchteten Baum zu vergewaltigen.

Es gab jetzt bis dorthin noch einige kurze Wochen zu überstehen, aber ich liebte es, stundenlang zu liegen und mir die Einzelheiten in allen Varianten vorzustellen. Ich hatte endlich meinen Frieden gefunden.

Eine Woche vor Weihnachten, nach einem besonders heftigen Liebesspiel, küsste er meinen Busen und sagte mir, dass er Weihnachten in Catanzaro bei seiner Familie verbringen würde.

„Wieso“, fragte ich, „genügt es nicht, wenn Marco nach Hause fährt?“
Er lachte.
„Zu meiner Verlobung? Wenn er meiner Braut nur nahe kommt, bringe ich ihn um.“
„Du willst Dich verloben?“, krächzte ich hilflos.
„Ja, die ganze Verwandtschaft will es so.“
„Die Verwandtschaft?“, fragte ich noch immer hilflos.
„Der Clan der Kalabresen“, grinste er, „bei uns ist die Familie heilig und Weihnachten ist ein beliebtes Fest um sich zu verloben, ich bin da keine Ausnahme und dazu noch ein sehr eifersüchtiger Mann.“
Ich erwachte aus meiner Erstarrung.
„Du Scheißkerl verlobst Dich mit einer bigotten knieengen Jungfrau, während Du mit mir alle Stellungen durchgebumst hast?“, schrie ich.
„Sei nicht komisch, Bambina“, grinste er, „ich liebe Dich doch, Du bist großartig im Bett und wir haben es doch beide sehr genossen. Nach Silvester komme ich ja schon wieder.“
„Verschwinde“, sagte ich matt, „besteige Deine Bambina am Arsch der Welt.“
Nachdem er gegangen war lief ich ins Bad. Voll Wut trat ich nach der Türe, an der ich mit dem Ärmel des Bademantels hängen geblieben war. Da ich keine Hausschuhe trug, spreizte sich das Türblatt zwischen meine vierte und fünfte Zehe, wodurch letztere dann plötzlich waagrecht zur Seite stand. Für mich war es allerdings unklar, ob der Schmerz über die erlittene

Schmach durch den windigen Italiener oder der an der gebrochenen kleinen Zehe größer war.

Ich flüchtete in die Arme meiner Mutter.
Nach drei Tagen übernahm sie die Pflege meiner Tiere und ich befand mich im Flugzeug nach Cannes.
Grand-père empfing mich mit offenen Armen.
„Was hat man denn meiner kleinen Mouche angetan?", fragte er liebevoll. Also wusste er Bescheid und Mutter hatte ihn auf das Genaueste vorbereitet.
„Grand-père", heulte ich, „ich komme mir so beschmutzt vor und ausgenutzt."
„Lass Dich ansehen", sagte er tröstend und schob mich ein wenig zurück, „Du bist eine wunderschöne Frau geworden, mein Liebling, Dich kann kein Kerl beschmutzen, dazu bist Du viel zu einmalig."
Er strich mir über das Haar.
„Du bist nur noch ein wenig zu unerfahren, ab sofort wirst Du den Männern zeigen, was Sache ist, und dazu ist Frankreich genau der passende Ort."

Grand-père war ein stolzer und sehr kluger Mann. Wenn er in seiner Welterfahrenheit erkannte, dass ich nicht beschmutzt war, ja gar nicht beschmutzt sein konnte, so bewies dies einmal mehr, dass ich zwar einmalig, aber leider doch viel zu unerfahren war.
Ich hatte eben meinen zwanzigsten Geburtstag gefeiert und sah sicher noch sehr gut aus, aber hatte ich je auch nur ein wenig Verstand bewiesen, wenn Männer versuchten, sich meiner zu bemächtigen? Hatte ich

nicht gutgläubig und viel zu menschenfreundlich reagiert, wenn sie mich falsch umschmeichelten und dann schlecht behandelten? Ja, natürlich hatte ich diese Fehler gemacht und die schlimmen Folgen, besonders den Ekel über all diese Verderbtheit, in aller Stille meiner eigenen Seele aufgeladen.

Gerührt schloss ich diesen weisen, gütigen Mann in die Arme und klammerte mich an ihn, als wollte ich ihn nie mehr wieder loslassen, denn bei ihm fühlte ich mich angenommen und geborgen. Also beschloss ich, den Sommer hier zu verbringen und die Schönheit der Côte d`Azur zu genießen.

Grand-père liebte das Meer und die Gesellschaft schöner Menschen, also fuhren wir, wenn sich die Sonne senkte, mit seiner Yacht in den Hafen von Cannes, um in der luxuriösen Marina den Abend zu begrüßen. Natürlich war er als Mitglied dieses maritimen Clubs gerne gesehen und natürlich wurde der beste rosagedeckte Tisch für ihn freigehalten, an dem er stolz seine kleine Mouche präsentierte.

In weiser Voraussicht waren wir schon am ersten Nachmittag meiner Ankunft nach Cannes gefahren, wo mich Grand-père modisch auszustatten begann, denn ich hatte nur meine Garderobe aus Wien zur Hand und so provinziell gekleidet, hätte ich in der Marina von Cannes lediglich ein trauriges Lächeln der Anwesenden geerntet, sagte er.

Aber mit meiner mondänen, weißen Seidenkombination und dem riesigen Schleifenhut war ich dann die Sensation schlechthin.

Besonders erfreulich in unserem Tempel der Gaumenfreuden waren dann auch die riesigen rosa Servietten aus irischem Leinen, die ich abwesend lächelnd vom Tisch streifen konnte, sowie sich in meiner Nähe ein männliches Wesen zeigte, das bemerkenswert genug schien, das Tüchlein für mich aufzuheben. Irisches Leinen ist zwar unendlich fein und leicht, aber durch das beachtliche Ausmaß dieser Servietten schwebten sie nicht ziel- und körperlos über den Boden, sondern landeten ungefähr dort, wo ich sie gerade haben wollte. Auch bei größter Dickfelligkeit des Kavaliers war diese rosafarbene Aufforderung nicht zu übersehen.

Nachdem wir ausgezeichnet gespeist hatten, begannen drei Musiker, die wie von Zauberhand aus dem Hintergrund aufgetaucht waren, die Melodie eines alten lüsternen Songs zu intonieren und eine aparte, androgyne Person im schwarzen langen Abendkleid begann zu singen: „Für mich sollt's rote Rosen regnen, mir sollten sämtliche Wunder begegnen...“

Als zeitgleich ein riesiger Strauß Black-Baccara-Rosen an meinen Tisch gebracht wurde, wusste ich, dies war das Werk meines über alles geliebten Grand-pères und ein Song Hildegard Knefs war genau das richtige für mich. Auch sie war eine Frau mit tiefen Gefühlen gewesen und hatte viele Schicksalsschläge ertragen müssen. Wieder traten mir die Tränen in die Augen.

Gleichzeitig begann ich die Sängerin ins Herz zu schließen und wusste sofort, sie musste meine Freundin werden.

Zu ihrer interessanten rauchigen Stimme war sie auch noch eine tadellose Erscheinung, hochgewachsen und zweifellos ziemlich exzentrisch, aber auch eine Frau, die nicht augenscheinlich darauf abzielte, durch übertrieben betonte sexuelle Reize Wirkung bei den Männern zu erzielen. Wir würden also sehr gut miteinander auskommen und uns gegenseitig nicht im Wege stehen.

Natürlich wurde sie später an unseren Tisch gebeten und von Grand-père, den ich inzwischen mit Jacques ansprechen durfte, für den nächsten Tag zum Einkaufsbummel geladen. So gewann ich sehr schnell eine nette Freundin, die ebenso verträglich zu sein schien wie ich und es ergab sich beinahe automatisch, dass wir beide uns mitten im gesellschaftlichen Leben von Cannes befanden. Eine Situation, die wir ausgiebig genossen, kleine Bosheiten mit eingeschlossen.

Denn, obwohl wir meist von teuer gekleideten Menschen umgeben waren, hatten wir trotzdem unseren kleinen, gutmütigen Spaß bei der Betrachtung der größeren und kleineren geschmacklichen Missgriffe, die sich bei Garderobe und Accessoires mancher bedauernswerter Passanten eingeschlichen hatten.

„Schrecklich", sagte Juliette, „immer wieder diese langweiligen Spießer, laufen mit einem Gilet unter dem Sacco herum, wie aufgemotzte kleine Beamte."

Dagegen gab es nichts zu sagen, an der Cote zählte nur lässiger Chic und Juliettes Urteil war ebenso sakrosankt wie ihr Stil, den sie beneidenswert sophisticated präsentierte.

Als nun an einem der darauffolgenden Tage die Yacht eines Österreichers im Hafen dümpelte waren meine Freundin Juliette und ich überaus neugierig, ob hier lohnenswertes „Material" angekommen sei.

Bei Tisch betrachteten wir interessiert die Neuankömmlinge, die aus zwei männlichen und zwei weiblichen Personen bestanden, vermutlich handelte es sich um Paare.

Die vier steuerten den Bartresen an, um einen Drink zu nehmen, verschwanden aber nach einer knappen halben Stunde wieder und spazierten in Richtung Mole.

Die halbe Stunde hatte für mich genügt, der blonde Hüne, dem der dunkelblaue Kaschmirpullover und die weiße Flanellhose so hervorragend standen, hatte alle meine Sinne aufgescheucht. Ihm würde ich am nächsten Tag beim Diner meine romantische rosa Leinenserviette zuwerfen.

Den Einwurf Juliettes, dass er beim Weggehen den Arm liebevoll um die Schultern seiner dunkelhaarigen Begleiterin gelegt hatte, tat ich überlegen ab.

„Was hat mir denn diese Feldmaus schon entgegenzusetzen?", grinste ich und bestand darauf, die Nacht im Hafen auf unserer Yacht zu verbringen.

Am nächsten Morgen stand ich zeitig auf und beobachtete das Boot der Österreicher. Ziemlich bald erschienen die beiden Männer in Sportkleidung, kletterten vom Boot und liefen auf den Strand zu. Offensichtlich waren sie dabei, eine Runde zu joggen und wenn sie zurückkamen, würden sie sicherlich in der Marina unter die Dusche gehen.

Da mir noch genügend Zeit blieb, bearbeitete ich meine Wimpern besonders sorgfältig, wusch meine Haare, betupfte sie mit einem leichten Hauch von Opium 5 und bummelte zu den Duschen. Mitgebracht hatte ich außer dem Badetuch auch ein dünnes T-Shirt, das ich über meinen nassen Körper ziehen wollte, bevor der schöne Fremde aus der Dusche kam, wo ich ihm dann zufällig begegnen würde.

Mein Plan ging auf. Als ich die beiden Männer auf die Duschen zugehen sah, huschte ich in eine Kabine, ließ das Wasser laufen und zog ohne mich abzutrocknen mein Shirt über. Augenblicklich legte es sich wunschgemäß eng an meinen Körper und ein Blick in den Spiegel zeigte zu meiner Zufriedenheit, dass ich umwerfender aussah, als wenn ich nackt gewesen wäre.

Zur Vorsicht spielte ich noch mit meinen Nippeln, um sie zu versteifen und als das Objekt meiner Begierde die Dusche verließ, betrat ich wie geistesabwesend den Waschraum für Herren und blickte in den Spiegel. Erst jetzt entdeckte ich, natürlich völlig überrascht, den nackten Mann hinter mir.

„Verzeihung", sagte ich lächelnd, „ich habe mich wohl verirrt, wie peinlich."

Er sah mich an: „Im Gegenteil, eine absolut gelungene Überraschung", antwortete er gelassen und betrachtete mich ziemlich ungeniert.

Da er keinerlei Anstalten machte, sich das Badetuchtuch um die Hüften zu schlingen, sah ich abwägend auf den nassen blonden Haarschopf über seinen Beinen und, obwohl er höchsten Ansprüchen genügte, wandte ich mich uninteressiert ab und sah wieder in den Spiegel. Ich öffnete leicht den Mund, betastete meine Unterlippe mit der Zunge und hob dann träge beide Arme, um die feuchten Haarsträhne hinter die Ohren zu streichen, wodurch die erwartungsvollen Spitzen meiner Brüste den dünnen Stoff bereits zu durchbohren drohten.

Er fasste wissend zu und war bereit. Gegen das Waschbecken gebeugt genoss ich seinen harten Druck und seine Ausdauer gefiel mir. Ich schloss die Augen.

Irgendwann dürfte sein Freund oder jemand anderer aus einer der Duschen getreten sein, zumindest habe ich verschwommen die Anwesenheit eines weiteren Menschen im Raum wahrgenommen. Jedenfalls nahm er jetzt den Platz meines blonden Hünen ein und ich fühlte zufrieden die kraftvolle Begegnung mit diesem für mich gesichtslosen Phantom.

In sattem Zustand und wieder allein, beschloss ich dann doch, auf eine der beiden männlichen Personen zu verzichten und fieberte bereits dem abendlichen Diner entgegen, nachdem mein starker blonder Geliebter todsicher vorgab, noch eine Jogging-Runde zu drehen.

Tief dekolletiert und ganz in Rot bedrängte ich Jacques und Juliette, frühzeitig zum Dinner aufzubrechen.

„Wenn mein Kindchen hungrig ist", sagte Grand-père „sollten wir uns wirklich beeilen."

Und so genossen wir noch die sinkende Sonne am Meer hinter den schaukelnden weißen Yachten im Hafen.

Sanft perlte die Melodie „Georgia on My Mind" von Ray Charles über die Terrasse und ich fühlte, dass die Stimme des Pianisten unzweifelhaft das richtige Timbre hatte, um die schönsten Saiten tief in meinem Innersten anzuschlagen.

Romantische Gefühle begannen mich einzuspinnen. Warum, dachte ich, mussten menschliche Beziehungen immer so kompliziert sein? Wieso ließ man sich in das steife Korsett der Konventionen pressen und gab Gefühlen keinen Spielraum mehr?

Grand-père hatte eben das Entree für den Service gegeben, als die beiden österreichischen Paare erschienen und auf den Tisch an der späteren Tanzfläche zusteuerten. Die Männer trugen Anzüge aus weißer Seide und ihre Begleiterinnen im Cocktailkleid hatten sich vermutlich nach besten Kräften bemüht, ein wenig hausbackenes Aufsehen zu erregen.

Ich deutete mit dem Kopf auf die weiblichen Neuankömmlinge und blinzelte Juliette höhnisch zu, fühlte aber trotzdem ein wenig Mitleid mit diesen provinziellen Lämmern und ihrem Eifer, sich zu präsentieren. Warum blieben sie eigentlich nicht überhaupt zu Hause und hielten ihren kleinen Kokon warm, anstatt sich hier lächerlich zu machen?

Nach ungefähr einer Stunde, die mir wie eine Ewigkeit erschien, vervollständigte sich die Combo durch Saxophon und Percussion, woraufhin die ersten Paare mehr oder weniger graziös über die Tanzfläche schwebten und auch meine neue Eroberung und sein Freund führten pflichtgetreu ihre Partnerinnen zum ersten Tanz.

Gleich darauf, wusste ich, war meine Stunde gekommen. Wer von meinen Kavalieren, ich nahm an, dass der andere mein kraftvolles Phantom in der Marina gewesen war, würde es zuerst schaffen mich jetzt in den Armen zu halten?

Sorgenvoll hoffte ich, dass nicht Grand-père oder eines der männlichen Wesen an den näherplatzierten Tischen das Rennen machen würde.

Diese Sorge stellte sich sehr schnell als unbegründet heraus, denn die beiden Österreicher verließen die Tanzfläche vorerst nicht. Beim dritten Tanz, „It was fascination", einem alten Schmachtfetzen von Nat King Cole, legte mein Schwarm die Arme um die kleine Schwarzhaarige und, bevor sie sich später aus dieser Umklammerung lösten und die Tanzfläche verließen, hauchte er noch einen Kuss auf ihr Haar. Sie lachte und drückte ihre Schulter gegen seinen Arm.

Dies war natürlich Komödie, um die Fassade für später aufrecht zu erhalten.

Nur, der voranschreitende Abend verdichtete meine beginnende Befürchtung zur Gewissheit. Die beiden Paare verbrachten einen angeregten und verheißungsvollen Abend.

Mit Befriedigung sah ich dann endlich, dass ich mich doch geirrt hatte. Als der blonde Hüne nach einiger Zeit die Terrasse verließ, murmelte ich eine kleine Entschuldigung und folgte ihm. Das Ganze hatte für mich nur etwas zu lange gedauert und so war ich ziemlich ärgerlich. Wenn er so eifrig bemüht war, die Kleine einzulullen, würde er sich bei mir noch ein ganzes Stück mehr anstrengen müssen, ehe er es wieder schaffte, mich zu besitzen.

Vorerst hatte ich ihn allerdings aus dem Blickfeld verloren, aber als er aus dem Toilettenraum kam und mich stehen sah, kniff er grinsend ein Auge zu, schnalzte leicht mit der Zunge und eilte an mir vorüber auf die Terrasse zu seinem Tisch.

Dabei musste ich mit Schrecken auch noch zur Kenntnis nehmen, dass der Kerl unter dem Smoking eine farblich passende Weste trug.

Diese katastrophale Entdeckung bedeutete nun allen Ernstes, dass ich mich niemandem mitteilen konnte, denn Juliette würde mich verachten, weil ich mich mit einem lächerlichen Spießbürger eingelassen hatte, der gut sichtbar ein altbackenes Gilet trug, und was Grandpère tun würde, wenn er begriff, dass ich zweimal vergewaltigt worden war, wagte ich mir bei bestem Willen nicht auszumalen.

Außerdem spürte ich wieder, wie immer, wenn meine Nerven überstrapaziert waren, bohrende Kopfschmerzen.

Ich bestand also darauf, nach Hause zu unserem tröstlichen Landgut mit seinen Bienen, Pferden und Lavendelfeldern zu fahren, um mich zu erholen.

Einige Tage blieb ich auf meinem Zimmer, starrte in den Streifen tiefblauen Himmels, den ich durch den Spalt des schweren Vorhangs sehen konnte und suchte in Gedanken meinen Platz in einer Welt, die ich nicht begreifen konnte.

Dann holte mich Jaques aus meiner Zurückgezogenheit und bestand darauf, dass ich am Pool frühstückte, wo ich in herrlich dicke Badetücher gehüllt auf einer weißen Liege residierte, die, wenn mir danach war, auch mittels zweier gummibereifter Räder über den Rasen geschoben werden konnte.

Dank einer mir offensichtlich angeborenen Stärke war ich nach zwei weiteren Tagen immerhin wieder so weit hergestellt, dass ich allein oder mit unserem Stallburschen einen Ausritt wagen konnte. Aber in meinem Zustand brauchte ich nichts mehr als Kommunikation und so stellte Jaques fest, dass Juliettes Anwesenheit unbedingt erforderlich war.

Er verschaffte ihr die Aufnahme ihrer Chansons zu einem Album sowie einige vielversprechende Engagements und so konnte sie jetzt, als meine Freundin, prächtige Wochen auf unserem Landgut verbringen. Wir lagen in der Sonne am Pool, sprachen über Gott und die Welt und dann beschloss ich, Juliette das Reiten beizubringen.

Ich erklärte mich damit einverstanden, dass Juliette meine Stute Kyra zugeteilt wurde, sodass ich nun, zu meiner unerwarteten Freude, den zwar gutmütigen, aber blitzschnellen Wallach Devil reiten durfte.

Unter der geschickten Anleitung unseres Stallburschen entwickelte Juliette schon bald beachtliches Talent im Sattel von Kyra, sodass wir früher als erwartet die Erlaubnis hatten allein auszureiten.

Nach allen meinen trübseligen Erlebnissen war ich nun endlich glücklich.

Stillen Tagen am Pool folgten wilde Fahrten mit Grand-pères Porsche nach Nizza und Marseille und herrlich langweilige Stunden, in denen ich mich nackt auf einem Luftpolster in der Mitte unsere Swimmingpools zur Gänze bräunen ließ, und all dies brachte mir die verlorene Lebenslust wieder zurück.

Juliette, deren Haut von Natur aus sehr blass war, zog sich meistens während meiner mittäglichen Ruhestunden zurück, aber ich hatte immer das angenehme Gefühl, dass auch für sie die Stunden, die sie ohne mich verbrachte, immer erfreulich waren und nie hätten wir uns gegenseitig in unseren Rückzugsmöglichkeiten beschränkt. Juliette war dann auch immer sehr gelöst und nachgiebig gegenüber allen Wünschen und Vorschlägen Grand-pères und den meinigen.

Ich hätte ewig so leben können. Aber eines Tages kam Jaques nach dem Frühstück an den Pool und überraschte uns mit der Ankündigung, dass er einen Ausflug nach Saint-Tropez geplant habe.

Juliette erhob sich sofort und verschwand im Haus, während ich träge erst die Gedanken sammeln musste, dann meine Habseligkeiten vom Tischchen neben meinem Stuhl einsammelte und langsam ins Haus trottete.

Was Erwartete mich eigentlich in Saint-Tropez? Eine Unmenge von nach Sonnenöl stinkenden, gerösteten Urlaubsgästen, plärrende Beachvolleyballmannschaften und öde Unterhaltungen mit dümmlichen, versnobten Neureichen, die ihre Yachten für Statussymbole hielten, wo sie beim Champagner den letzten Rest ihrer spärlichen Bildung verloren.

Aber die Fahrt entlang der Côte d'Azur auf Jaques weißer Yacht würde mir sicherlich gefallen.

Verwundert stellte ich in all diesem Wirrwarr fest, wie schnell es doch gegangen war, dass ich sogar in Gedanken von Grand-père zu Jaques wechselte.

Eigentlich hatte er ja längst das Recht darauf gehabt, die Rolle des weltmännischen Mannes, der er nun einmal war, auch bei seiner Enkelin einzunehmen. Schließlich war ich nun kein Kind mehr, welches in blindem Eigennutz alle Erwachsenen in eine Beschützerrolle drängte.

Also beschloss ich, verblüfft über diese späte Erkenntnis, den Tag in Saint-Tropez für diesen wunderbaren Jaques zu einem unvergesslichen zu machen.

Den Tag hätten wir nicht besser wählen können. Trotz des strahlenden Sonnenscheins zeigte sich das Blau des Himmels nicht glasig, sondern in geradezu blendendem Azur.

Saint-Tropez, dieses Mekka der High Society, lud uns mit sanfter Brise, schaukelnden weißen Yachten, schicken Cafés und Restaurants zum süßesten aller Leben ein und war ein wundervoller Rahmen zum Sehen und Gesehenwerden gleichermaßen für Stars und Sternchen.

Den Alten Hafen, Treffpunkt der Reichen und Schönen, beschlossen wir, uns bis zuletzt aufzuheben und schlenderten fröhlich und entspannt durch die romantischen Gassen der Altstadt zu dem Turm der alten Kirche aus dem 16. Jahrhundert, der in Gelb und Ocker wie ein Wahrzeichen aus der Mitte idyllischer Häuschen und Gärten ragt.

Durch das katzenkopfgepflasterte Viertel La Ponche bis zum Place des Lices, wo elegante ältere Herren im Schatten mächtiger Bäume hingebungsvoll dem Boule-Spiel huldigten, waren wir gezwungen, mit Brigitte Bardot zu leben, denn es gab keinen freien Fleck an den Wänden, auf dem ihr Gesicht nicht allgegenwärtig gewesen wäre.

Dadurch hatte Jaques dann vermutlich auch die nette Idee, ein Taxi zu ordern und La Garrigue, den Lieblingsort der wunderbaren BB, hoch über Saint-Tropez, zu besichtigen. Ob sich das Objekt unseres nun gesteigerten Interesses vielleicht sogar in La Garrique aufhielt, beschäftigte mich beinahe bis zur Erreichung unseres Zieles.

Vorerst gab es aber weiter nichts zu sehen als einen Maschenzaun, hinter dem sich Blumen, Gras und Sträucher in ungezähmtem Zustand der Sonne entgegen reckten. Einen zauberhafteren Garten, so ferne man dieses Grundstück so nennen durfte, hatte ich noch nie gesehen. Im Hintergrund befanden sich zwei

Häuser, alt und einfach, genau dem Zustand des Gartens entsprechend.

Gleich darauf ertönte ohrenbetäubendes Gekläff und ein Meute von Hunden kam auf uns zugerast, alle gut genährt, zwei davon besaßen nur drei Beine, aber sie waren ganz offensichtlich mit sich und der Welt zufrieden. Dies sei Brigittes Gnadenhof für Tiere, erklärte Jaques, den die ständig unterschätzte und teilweise sogar bösartig angegriffene, wundervolle Frau unter Opfern und sehr viel Mühe aufgebaut hatte.

Als ein weibliches Wesen aus der Tür des größeren Hauses trat, machten die Hunde kehrt und stürzten freudig darauf zu. Ich würde einen Zahn darauf verwetten, dass die Frau, die kurz ihre Hand gehoben und uns gegrüßt hatte, niemand anderer war, als la Grande Brigitte.

Wie mochte es jetzt meinen Tieren gehen, die ich in die Obhut meiner Mutter gegeben hatte? Natürlich bestens, beruhigte ich mich sofort, denn meine Mutter war ein herzensguter Mensch.

Bevor wir uns später den Vergnügungen des Alten Hafens hingaben, wollte ich noch unbedingt die ehemalige Polizeiwache sehen, in der die berühmten Louis-de-Funès-Filme gedreht worden waren. Wie hießen sie doch gleich? Der Gendarm von Saint-Tropez? Oder so irgendwie, vermutlich.

Inzwischen hatte man aber das Objekt umgebaut oder saniert, jedenfalls war es jetzt ein Museum für de Funès und die Bardot.

Nun, ja. Museen sind nicht so mein Ding, also begnügten wir uns damit, das Gebäude gesehen zu haben und beschlossen, in einem der zauberhaften Cafés am Alten Hafen, mit einem Glas eiskalten Champagners, die anstrengende Tour durch die zahlreichen Boutiquen dieses mondänen ehemaligen Fischerdörfchens zu beginnen.

Es war die reine Freude hier einzukaufen. Jaques beriet uns zwar mit bemerkenswerter Fachkenntnis und Rücksichtnahme, aber als er unsere herrlichen Beutestücke in den wundervollsten Einkaufstüten von ganz Frankreich durch einen Boten zur Yacht schicken wollte, musste ich ihn enttäuschen. Ich wollte sie bei mir haben, um mich ständig an ihrer fröhlichen Leichtigkeit, influenced by Matisse, Bonnard und Signac, zu erfreuen.

Jaques und Juliette hatten, umgeben von unseren unzähligen Tüten und Päckchen, auf der Hafenpromenade ein lauschiges Plätzchen in einem Rosa/Weiß gestreiften Ensemble gefunden. Sonnenschirme, Polsterbezüge und Tischtücher des Gastgärtleins in rosigem Charme ließen die Hitze vergessen und die Haut im zartesten Licht schimmern.

Durch die offene Türe der Boutique, in der ich eben noch damit beschäftigt war, ein weißes Kleid im Charleston-Stil zu probieren, musste ich nun zusehen, wie die beiden, im Schatten des hämisch rosig schimmernden Sonnenschirms, genussvoll Eiscreme mit

Schokolade löffelten. Dies war zu viel, mein Gaumen spielte verrückt.

Dass der umwerfend gut aussehende Verkäufer, der mir bei der Anprobe zur Seite stand, schwul war, störte mich da nicht mehr. Mit Männern dieses Genres hatte ich ja bereits Erfahrung und empfand es längst nicht mehr als persönliche Beleidigung für mein Ego, aber dass Jaques und Juliette sich ungeniert erfrischten, während ich in der Hitze der Probierkabine beinahe umkam, nahm mir die Lust an der Sache.

Der junge Mann schob mir noch tröstend den Träger meines eigenen Tops über die Schulter nach oben, bevor ich lustlos und eilig die Boutique verließ, ohne ein Stück zu kaufen.

Nun war es an mir, mich zu erfrischen. Nachdem ich einen Eisbecher, so riesig wie eine Melone, vertilgt hatte, konnte ich auch wieder klar denken. Sollte ich jetzt zurückgehen und das hübsche weiße Kleid doch noch kaufen? Bevor ich zu einem Entschluss kam, hatte der nette Verkäufer die Markise herabgelassen und das Geschäft geschlossen.

Da die Hitze inzwischen beinahe mörderisch geworden war, beschlossen wir, nach einer kürzeren Siesta zur Yacht zu laufen und auf der Heimfahrt die kühlende Brise des Meeres zu genießen.

Jaques versicherte uns, einen wundervollen Tag verbracht zu haben. Darüber war ich sehr glücklich.

Jetzt folgten auch für mich wunderschöne Tage.

Um der Hitze der Tage zu entkommen, verlegten Juliette und ich unsere Ausritte in die frühen Morgenstunden, faulenzten unter den Markisen am Pool und luden für den Abend Gäste ein. Juliette kannte schließlich die verrücktesten Typen, die ungezügelt und ziemlich freisinnig die Künstlerszene und jetzt auch unsere Terrasse bevölkerten.

Gelegentlich spielte Jaques Tennis mit seinem Nachbarn Mathis, einem typisch französisch aussehenden Herrn von Mitte Sechzig, der, schon längere Zeit geschieden, des Öfteren auch an unserem Familientisch teilnahm.

Einmal hatte ihn Juliette dann eingeladen, uns an den morgendlichen Ausritten zu begleiten und er hatte gerne angenommen.

Erst war ich etwas besorgt wegen seines hohen Alters, aber es stellte sich heraus, dass er sich ganz fantastisch auf dem Pferderücken halten konnte und so kam bei mir ziemlich schnell der Verdacht auf, er könnte besser reiten als er zugab, sein Tempo aber zügelte, um in unserer Gesellschaft zu bleiben.

Grand-père hatte seit einer Sportverletzung kein Pferd mehr bestiegen und so verbrachten wir zu dritt, oder zu viert mit dem Stallburschen, wunderbare Tage in den Wäldern und Wiesen der Côte d'Azur.

Manchmal, an besonders heißen Tagen, unterbrachen Mathis und Juliette ihren Ritt, um im Schatten eines Wäldchens auf meine und des Stallburschen Rückkehr zu warten. Dafür hatte ich Verständnis, den Juliette hatte weder die notwendige sportliche Konstitution noch die robuste Haut, um längeren Ausritten in der Sonne gewachsen zu sein und Mathis konnte sich, ohne das Gesicht zu verlieren, ebenfalls ausruhen.

Bis der Stallbursche und ich uns ausgetobt hatten und zurückkamen, hatten die beiden Zeit und Muße sich für die Heimkehr zu erholen. Schließlich mussten wir bis zum Abend fit sein für unsere Gäste.

Grand-père hatte außerdem ein reizendes Studentenbrüderpaar aufgetrieben, welches Gitarre und Saxophon in einer Band spielte und gerne etwas zuverdienen wollte, in dem es unsere Abende musikalisch untermalte. Sogar Grand-père Jaques setzte sich dann und wann ans Klavier, um sie zu begleiten.

Dies waren jene Abende, die beinahe zu schade waren um zu Tanzen. Unsere Gäste saßen dann gerne eng umschlungen oder hielten sich an den Händen und manchmal sang die charismatische Juliette mit ihrer rauchigen Stimme einige ihrer erregenden Songs, die in mir immer das Gefühl erweckten, schwer, träge und erwartungsvoll zu sein.

Manchmal gaben wir diese Einladungen auch auf unserer Yacht, dann lehnte ich mich an die Reling und sah ins Wasser. Manchmal kam jemand und leistete mir Gesellschaft, dann wollte ich nichts sehnlicher, als von irgendjemandem umarmt zu werden.

Vor einer Woche habe ich nun begonnen, am Nachmittag ein Buch, das mir zufällig in die Hände kam, zu lesen. Ein unsinniger Roman, bei dem es um die galante Affaire einer adeligen Dame mit ihrem Gärtner ging, der mich aber merkwürdig faszinierte. Also wollte ich alles darüber wissen und beschloss zur Steigerung meines Vergnügens und um die angenehme Unsicherheit voll auszukosten, mir nur zwei Stunden Lesezeit pro Tag zu genehmigen. Dabei konnte ich jede der geschilderten Situationen gefühlvoll und nahezu plastisch miterleben.

Ein schmerzlicher Stich in die Wange beendete an einem besonders heißen Nachmittag meine beschauliche Ruhe. Ich schlug ein grässliches fliegendes Tier tot, fühlte aber sofort das brennende Anschwellen meiner Backe und brauchte nun augenblicklich einen Eisbeutel zur Kühlung.
Ich lief ins Haus, holte aus dem Kühlschrank ein Plastiksäckchen mit Eiswürfeln, drückte es an die schmerzende Stelle und wanderte dabei durch den kühlen Flur.
Plötzlich hörte ich es. Es musste ein Fremder in der Villa sein. Die Angestellten waren außer Haus, Grandpère war nach Cannes gefahren und Juliette war zu ihrem Lieblingsplatz bei den Lavendelfeldern gewandert.
Der Schreck durchzog mich wie ein Stromstoß, ich war allein. Sollte ich weglaufen oder eines der Gewehre aus dem Waffenschrank holen? Vielleicht war es aber dafür schon zu spät?
Ich zwang mich zur Ruhe und langsam verebbte auch das Rauschen des Blutes in meinen Ohren. Jetzt ver-

nahm ich es deutlich, das Geräusch war lauter geworden und kam aus einem der Gästezimmer.

Neugierig geworden schlich ich auf Zehenspitzen an die Türe heran um durch das Schlüsselloch zu gucken, doch zu meiner Genugtuung entdeckte ich, dass die Tür einen Spalt offen geblieben war. Also drückte ich sanft dagegen und glaubte meinen Augen nicht zu trauen.

Juliette saß nackt auf einem Mann, der sie an den Hüften gefasst hatte und sie bewegten sich in rasendem Tempo zu den dumpfen Lauten, die sie stöhnend ausstießen. Erst als der Mann Juliette auf das Bett drückte und sich über sie rollte sah ich, dass es Mathis, der Nachbar war, der mit Kräften, die ich ihm nicht zugetraut hätte, Juliette in die höchste Lust trieb.

Ich schenkte ihnen meine Aufmerksamkeit noch die wenigen Sekunden bis sie zum Finale kamen, dann trottete ich wieder hinaus auf meine Liege.

Offensichtlich hatte ich wirklich noch viel zu lernen, nie war etwas so, wie es schien.

Juliette hatte, seit ich sie kannte, nie Interesse an einem Mann gezeigt, im Gegenteil, sie war immer diejenige gewesen, die mich auf sämtliche Schwächen dieser Spezies hinwies, sodass niemand vor unseren strengen Augen bestand. Warum vergnügte sie sich dann mit Mathis, diesem älteren Herrn, der sich allerdings noch ziemlich heftig bewegen konnte, wie ich festgestellt hatte.

Vermutlich handelte es sich um einen Vaterkomplex, ein Phänomen, von dem ich schon so oft gehört hatte,

oder gab sie sich mit ihm zufrieden, weil ihre Brüste so verdammt klein geblieben waren?
Aber wieso war dann Mathis so über sich selbst hinaus gewachsen, was machte ihn so an?
Ich beschloss, dies auf meine Weise herauszufinden. Wann immer es mir möglich war, schlich ich den beiden hinterher und verfolgte ihr offensichtlich vergnügliches Treiben, ohne jedoch dabei eine Antwort auf meine Fragen zu finden.

Langsam wandelte sich das heiße Flirren des Sommers zur verträumten Milde bunter Blätter und damit kam auch der Tag näher, an dem Juliette das Engagement antreten sollte, zu dem Grand-père ihr verholfen hatte.
Auch Mutter begann jetzt ernstlich auf meiner Rückkehr zu bestehen und langsam stellte sich auch bei mir die Sehnsucht nach meinen Tieren, die ich in ihrer Obhut zurückgelassen hatte, ein.

Nun, da die Zeit drängte, musste der nächste Abend die Klarheit bringen.
Grand-père war nach Cannes gefahren und würde erst gegen Mitternacht zurückkehren, also hatten Juliette und ich es uns mit Champagner, Lachs und Toastbrötchen auf der bequemen Liege am Pool gemütlich gemacht.
Als Juliette ihren Bademantel zur Seite legte, um nackt in den Pool zu steigen, sagte ich: „Ich habe Euch gesehen.“

„Ich weiß", lächelte sie, „und ich denke, wir haben es alle sehr genossen."

„Alle?"

Es war empörend. Ich hatte die beiden bespitzelt, hatte ihnen zugesehen und reagierte im gleichen Maße und zur selben Zeit wie sie, das war ganz natürlich, aber Juliette und Mathis hatten kein Recht, mich so für ihre Machenschaften auszunutzen.

„Warum", fragte ich, „warum habt ihr es getan?"

„Weil es Spaß macht, mein Äffchen", sagte sie, „das weißt Du doch."

„Aber er ist mindestens dreißig Jahre älter als Du. Er könnte vermutlich Dein Großvater sein."

„Er ist einfühlsam und erfahren. Im Bett gibt er einer Frau genau das, was sie braucht."

„Auch wenn sie einen so winzigen Busen hat wie Du?"

„Warum nicht? Er ist stark und bereit."

„Aber dazu brauchen Männer Riesenbrüste."

Wieder lächelte Juliette, kam auf mich zu und ihre Geste bedeutete mir unmissverständlich zur Seite zu rücken.

Als sie dann ruhig und spürbar eng neben mir lag, griff sie nach meinem rechten Zeigefinger und strich damit leicht über ihre Brustwarze. Augenblicklich spürte ich die harte Schwellung, die sich über dem riesigen rosa Warzenhof ihres kleinen Busens immer stärker abhob bis sie mindestens das Ausmaß und die Härte einer ausgewachsenen, aber noch unreifen, Brombeere erreicht hatte. Automatisch bemächtigte ich mich jetzt auch des rosigen Gipfels auf ihrem zweiten Hügel während ihre geschickten Hände meinen Brüsten ebenfalls steinharte Spitzen bescherten.

„Deine Finger sind köstlich, Liebling, doch ab sofort möchte ich nur noch Deine Zunge spüren", sagte sie bestimmt.

Von diesem Augenblick an kam sie in den Genuss jeglicher Feuchtigkeit, deren ich fähig war.

Leider folgte den zwei Wochen unserer Zweisamkeit der Termin, an dem unsere Sommeridylle zu Ende gehen musste. Bis dahin lebte ich meine neue Erfahrung voll aus und Juliette wählte die aufregendsten Orte, an denen wir uns hingebungsvoll unserer lustvollen Beschäftigung widmeten.

Als wir uns am letzten Abend im würzigen Bett des Lavendelfelds hinter den Pferdeställen vergnügt hatten, fragte ich in neu gewonnenem Selbstvertrauen: „Bereust Du es, Mathis für mich aufgegeben zu haben?"

Sie streichelte zart meinen Schoß: „Habe ich doch nicht", sagte sie, „warum hätte ich das tun sollen?"

„Aber wenn er gewusst hätte ..." warf ich ein.

„Er hat es gewusst", sagte sie, „ich habe immer dafür gesorgt, dass er unsere zauberhaften Vergnügungen über das Fernglas miterleben konnte. Im Haus war es natürlich etwas einfacher."

„Er hat uns zugesehen? Was hat er da gesagt?"

„Dass er bereit wäre uns dabei zu dienen."

„Was heißt hier, uns zu dienen?"

Sie lachte.

„Beispielsweise Deine Brüste zu halten, während ich an ihnen sauge, oder Deine Beine für mich zu öffnen.“
„Und was hast Du ihm gesagt?“
„Noch nichts. Ich glaube, für Dich wäre es besser, eine Nacht nur mit ihm zu verbringen und herauszufinden, wozu Du fähig bist.“
Ich kann nicht sagen, ob mich dies grundsätzlich gestört hatte, aber die Eigenmächtigkeit Juliettes ärgerte mich doch maßlos. Wieder einmal war ich betrogen worden. Sogar von meinen eigenen Geschlechtsgenossinnen wurde ich ausgenutzt und hintergangen. Warum konnte ich nicht hart und gefühllos sein wie meine Umwelt und warum war ich nur immer damit beschäftigt andere glücklich zu machen ohne dabei auch nur einen einzigen Gedanken an mich selbst zu verschwenden?
In meinem Zimmer angekommen musste ich leider feststellen, dass ich sogar zu weich war, um die Tränen zurückzuhalten. Was sollte aus mir noch werden?

Ich fügte mich und verbrachte diese letzte Nacht der Nächte unter kaum zu bändigendem sexuellen Lustempfinden in Mathis Bett und Juliette stieß gegen Mitternacht zu uns.

Am nächsten Morgen sagte ich Grand-père, dass ich umgehend nach Hause fliegen müsste, da Mutter der ständigen Pflege meiner Tiere nicht mehr gewachsen sei und mein geliebter Jaques nahm mich ohne zu fragen in die Arme.

„Wir werden die nächstmögliche Maschine buchen“, sagte er nur.

In Schwechat wurde ich von meinen Eltern abgeholt und Mutter hatte mir zur Begrüßung einen wunderschönen Rosenstrauß mitgebracht.
Ich fühlte eine leise Schwäche, so sehr ging mir das Herz auf, als ich die beiden sah. Was hatte ich mir eigentlich dabei gedacht, den ganzen Sommer wegzubleiben und die zwei Menschen, die mich am meisten liebten, einfach in Wien zurückzulassen?
Aber jetzt würde ich meine Tiere wieder um mich haben, meine gemütliche Wohnung genießen und mich in Dankbarkeit meinen Eltern widmen, die mir all diese Geborgenheit boten.
Als ich die ersten Schritte in mein eigenes kleines Reich getan hatte, fühlte ich, wie mich eine Kraft durchströmte, die ich in letzter Zeit schmerzlich vermisst hatte und beschloss, mit dieser neu gewonnenen Tatkraft meiner Wohnung einen völlig neuen Touch zu geben. Meine Lieben sollten stolz auf mich sein, wenn sie sahen, wie erwachsen ich geworden war und wie gut mir der Aufenthalt bei Grand-père getan hatte.
Mit Rücksicht auf die kommende Hektik sollten meine Vögel und der Hund einstweilen noch bei meinen Eltern bleiben. Ein Opfer, das ich gerne zu bringen bereit war, wenn dafür mein Leben und die Zukunft in geordneten Bahnen verlaufen würden.
Ab sofort begann ich die Möbelhäuser abzuklappern und saß Stunden am Computer, um die Einrichtung

zusammenzustellen, wie ich sie mir vorstellte. Vermutlich habe ich durch die Anstrengungen einiges an Körpergewicht verloren, aber meine exquisiten französischen Kreationen sahen jetzt noch besser aus an mir. Natürlich hatte ich jetzt zusätzlich vieles andere um die Ohren, denn ich war es Grand-père natürlich schuldig, die hübschen, teuren Stücke, die er mir gekauft hatte, auch auszuführen, schließlich hatte er genug Geld dafür ausgegeben. Dass sich die Freundinnen in meiner Gesellschaft mit ihren spießbürgerlichen Designerklamotten ziemlich provinziell ausnehmen würden, konnte man voraussehen, ohne Prophet zu sein. Aber, über Geschmack lässt sich ja bekanntlich streiten.

Als ich dann endlich ein wenig Muße hatte, um mich wieder einmal auf mich selbst zu besinnen, unternahm ich Spaziergänge durch die Gärten und Parks von Wien, um die gute Luft zu genießen, freundlichen Mitmenschen zu begegnen und meine weiteren Lebenspläne zu überdenken.
Wie der Zufall im Leben so spielt, trug ich zum letzten Mal für den ausgehenden Sommer meine umwerfend elegante rote Kombination aus Cannes, als sich der Himmel plötzlich verfinsterte und ein kalter Wind Mensch und Natur erschauern ließ. Regen kündigte sich an, aber das hätte für mein seidig schimmerndes Kleid und die eleganten Louboutins das sichere Ende bedeutet.
Wieder hatte ich unverschämtes Glück, denn ich befand mich dabei ganz in der Nähe des schmuddeligen

Lokals, in dem ich Beppo als Hundesitter engagiert hatte.

Obwohl sich mein Innerstes dagegen sträubte, war es in dieser Situation vorrangig, mein bestes Outfit nicht durch den Regen verderben zu lassen.

Ich würde also in dieser Spelunke lediglich das Ende des Unwetters abwarten, meinen Kaffee trinken und im übrigen damenhaft den gesellschaftlichen Abstand im Hinblick auf die Anwesenden wahren.

Als ich eintrat war alles wie zuvor. Die Tische waren mit Gläsern, Tassen und Zigarettenkippen in Aschenbechern belegt, Zeitschriften blähten sich wie Lamellenteppiche auf dem Boden und die Kellnerin mit den wenigen Knöpfen auf der fleckigen Weste fragte uninteressiert: „Kaffee?“

Ich nickte snobistisch.

„Und zwei Brötchen, Käse und Schinken, bitte.“

Der Kaffee kam umgehend, aber erst nach zehn Minuten öffnete sich der Deckenvorhang aus den hinteren Räumen und Marco trat mit vier appetitlichen Brötchen auf einem weißen Porzellanteller an meinen Tisch.

„Auch wieder im Lande?“, fragte er, „gut siehst Du aus.“

Dies hätte ich gerne vor einigen Monaten von ihm gehört, aber da hatte ich offensichtlich nichts weiter erreicht, als für Beppo auf der Matratze den Sparringpartner abzugeben, damit er bis zu seinem großen Auftritt im Ehebett von Kalabrien ein Höchstmaß an gefinkelter Manneskraft entwickeln konnte.

„Danke“, sagte ich, „wie geht es Beppo?“

„Geht ihm gut", antwortete er ziemlich uninteressiert, „sie haben vorige Woche geheiratet, seine Frau ist hochschwanger."
„Na wenigstens schwanger", dachte ich, „vielleicht sollte ich das auch einmal probieren."
„Fein", sagte ich, „seit Weihnachten?"
Er nickte.
„Unsere Frauen sind da verlässlich", sagte er grinsend, „sie beginnen sofort damit, uns Söhne zu gebären."
„Für ihn müsste es ja nicht unbedingt der erste sein", antwortete ich säuerlich.
Er hob unschlüssig die Schultern.
„In Kalabrien mischt sich die Frau nicht in Angelegenheiten ihres Mannes. Sie führt sein Haus und empfängt in seinem Bett ihre Kinder, das ist die Pflicht der Frau. Nichts anderes wird ein richtiger Mann dulden."
„Hallelujah Kalabrien!" grub sich daraufhin wie ein Mantra in mein Unterbewusstsein.
Marco kam dann aber zwischendurch immer wieder an meinen Tisch um einige Worte zu wechseln und ich glaube, dass ich ziemlich wortkarg gewesen bin. Als der Regenguss abgeklungen war, leerte sich der Raum zusehends, nur die Kellnerin kramte in einem Wust von unsortierten Flaschen, biss dazwischen immer wieder in eine Wurstsemmel und beachtete mich nicht. Es war wirklich ekelig.
Verärgert legte ich zwanzig Euro auf das zerkratzte Tischchen und stand auf. An der Türe holte mich Marco ein.

„Bleibst Du jetzt im Lande?", fragte er lächelnd. Ich nickte. „Ja, das habe ich vor."

„Schön", sagte er gedehnt und plötzlich fühlte ich seine Hände unter meinem Oberteil. Ich hasste mich selbst dafür, aber meine Brüste reagierten sofort. Als er dann ohne jegliche Scheu die köstliche Härte unter dem Zippverschluss seiner Jeans an mich presste, fühlte ich den Blick der kuhäugigen Kellnerin, der stumpf und gelangweilt auf uns ruhte. Wortlos gingen wir zurück hinter den Vorhang, wobei uns natürlich auch die Blicke der noch anwesenden Gäste gefolgt waren.

„Warum habe ich mich eigentlich mit Beppo abgegeben?" fragte ich mich, als ich in meinem neugestalteten Heim unter der Dusche stand. Damit hatte ich Marco damals sicherlich verletzt, das wusste ich jetzt, aber ich würde diese Scharte auswetzen, das schwor ich mir.

Marco gefiel meine Wohnung und ich kaufte eiligst rote und schwarze Bettwäsche, denn er liebte diese Farben an mir.

Wenn er wenig Zeit hatte, kam ich zu ihm ins Café und wir liebten uns hinter dem dicken pelzigen Vorhang. Diese pikanten Minuten genoss ich ganz besonders, einmal kam sogar die blödsinnige Kellnerin herein um Salzgebäck aus der Küche zu holen, doch ihre Existenz zählte nicht für Marco, seine Kraft gehörte mir, auch wenn sie noch so unendlich lang brauchte, um wieder zu verschwinden.

Eines Morgens sah ich zum Fenster hinaus und stellte fest, dass die Blätter braun geworden waren, das Gras vergilbt und selbst die Hausmauern schienen grauer und unfreundlicher. Mit einem Schlag verlor ich die Lust durch die Stadt zu flanieren oder die Gärten aufzusuchen, setzte mich also bequem in meinen herrlichen Ohrenstuhl und begann durch das Fernsehprogramm zu zappen. Auch hier gab es nur die pure Langeweile, was konnte ich tun? Langsam begann ich mit dem Gedanken zu spielen, wieder in die Arbeitswelt zurückzukehren, um gleichzeitig auch meinen Eltern zu beweisen, dass ich durchaus im Stande war, Geld zu verdienen, um davon selbst meinen Lebensunterhalt zu bestreiten.

Die Beschäftigung in einer Galerie hätte mir tatsächlich zuerst vorgeschwebt, bis ich mich daran erinnerte, wie ungerecht und kleinlich sich meine Chefin damals benommen hatte, nur weil ich gelegentlich am Morgen etwas später gekommen war. Diese Branche fiel damit eigentlich aus.

Dann hatte ich plötzlich die einzigartige und zündende Idee, ich würde im Café mit Marco arbeiten. Der Hausbesitzer war kürzlich gestorben und es fielen jetzt für Marco auch noch zusätzliche Pflichten wie Buchhaltung und Administration an, da würde selbstredend eine weitere Kraft von Nutzen sein. Wir konnten dann zusammen Brötchen für die Vitrine kreieren, uns neue Arten kleiner Imbisse ausdenken und zwischen all den tausend wichtigen kleinen Dingen durften wir uns sogar ohne Hindernisse sehen, uns berühren und wenn wir es brauchten, spontan hinter dem Deckenvorhang verschwinden, um uns zu lieben.

Ich konnte es nicht länger bei mir behalten. Sorgfältig machte ich mich zurecht, schlüpfte in ein hautenges Kleid und stieg in rote High Heels, trotz des tranigen Wetters.

Das Café war einigermaßen gut besucht und ich genoss die gierigen Blicke der Männer, als ich meinen Mantel auszog. Marco konnte dies natürlich nicht entgangen sein, aber vermutlich war die Eifersucht stärker als sein Besitzerstolz, denn er winkte mich ohne Umschweife hinter den Vorhang.

Bereitwillig wandte ich mich ihm zu, aber er schien es nicht zu bemerken.

„Ich muss mit Dir reden", sagte er unwirsch.

„Ich habe Dir auch einen Vorschlag zu machen", lächelte ich.

„Was soll es sein?"

„Ich finde diese Bude sieht scheußlich aus", erklärte ich.

Er unterbrach mich sofort.

„Finde ich auch, aber das wird sich in Kürze ändern."

„Oh ja, das wird es", bestätigte ich.

Er sah mich ungläubig an.

„Ich meine es ernst", stellte er fest, „schon im Frühling bin nämlich ich der Padrone hier und dann erneuere ich alles."

„Eine wunderbare Nachricht", freute ich mich, „was ist geschehen?"

„Das Testament des verstorbenen Hausbesitzers wurde verlesen, seiner Nichte Emma hat er unter anderem dieses Café vererbt."

„Emma, die Kellnerin, sie ist seine Nichte?"

„Ja, und die neue Eigentümerin."

„Und Du wirst Geschäftsführer?"

„Nein, ich werde Padrone."

„Wieso wirst Du dann plötzlich Padrone?"

„Ich habe Emma gebeten mich zu heiraten und sie hat ja gesagt."

„Heiraten?", fragte ich blöde. „Die Frau ist viel zu alt und hässlich, Du machst einen schlechten Witz?"

„Nicht im geringsten. Und äußere Dich in Zukunft nicht respektlos gegen meine Frau, das werde ich nicht dulden!"

Dies konnte doch nur ein schlechter Traum sein, der schöne begehrenswerte Mann wollte dieses Weib heiraten und stieg womöglich auch noch ins Bett mit ihr.

„Aber", wandte ich ein, „sie hat doch selbst gesehen, wie Du mich gebumst hast und ständig an mir herumfummelst. Stört sie das nicht?"

„Doch, aber ich habe ihr geschworen, dass es nicht wieder vorkommt und meine es auch so. Ich werde sie nicht enttäuschen."

„Und das glaubt sie?"

„Warum nicht, es war meine Morgengabe für die erste gemeinsame Nacht."

Er grinste bewundernd: „Und sie weiß einen Mann zu beschäftigen."

„Du hast Dich verkauft", schrie ich.

„Halt den Mund, sie hat mir nur einige Minuten gegeben um Dich hinauszuwerfen", sagte er und zerrte an

meinem Höschen während ich hastig seinen Zippverschluss öffnete.
Wut und Lust sind nicht unvereinbar, auch wenn man
zutiefst gedemütigt wurde.

Am nächsten Tag holte ich meine Vögel und den Hund
von meinen Eltern. Sie waren meine Familie und wir
würden uns nie wieder trennen, das erkannte ich jetzt.
Hatten mich meine Lieblinge je verletzt, hatten sie mich
auch nur einmal verraten oder betrogen?
Als ich in ihrem Kreise vor dem Fernseher saß, quoll
mein Herz über von Liebe und Dankbarkeit. Das Buch
mit der rührseligen Geschichte vom Gärtner und der
Gutsbesitzerin hatte ich liegen gelassen als ich über-
stürzt aus Cannes abgeflogen war, aber am Nachmittag kam ich an einem Antiquariat vorbei und war fasziniert von diesem reizvollen Reich der Bücher. Kurz
entschlossen betrat ich den Laden und fand mich zwischen Wänden, vollgestopft mit Folianten, Karten, Plä-
nen und alten Stichen.
In dieser Atmosphäre der Stille, dem Geruch von Leder
und vergilbtem Papier fühlte ich mich bestätigt und be-
freit. Tausende konservierte kluge Gedanken schienen
sich in vollständiger Ruhe zu ballen und ich hätte
schwören können, dass sie mich erwartet hatten.
Zufrieden blätterte ich in vergreisten Zeitungen, zer-
knitterten Kinoprospekten und Büchern der Weltlitera-
tur, die zu lesen ich mir vornahm. Der Umschlag eines
Bandes von Henry Miller sprach mich sofort an und ich
glaubte auch bereits gehört zu haben, dass die Verfil-

mung der Geschichte seinerzeit zu einem mittleren Skandal geführt hatte. Stille Tage in Clichy, film noir, vielleicht konnte man ihn sogar in CD erwerben. Das war nun genau die Lektüre, die mir vorschwebte.

Das Fernsehprogramm war wie meistens banal und uninteressant, also schaltete ich den Ton weg und konzentrierte mich auf meine Lektüre. Gegen den Morgen hin hatte ich das Buch zu Ende gelesen, versuchte noch ein wenig zu schlafen und machte mich nach dem Frühstück auf in das Antiquariat, um nach weiteren Werken Henry Millers zu suchen.
Und wurde fündig. Die Trilogie Sexus, Plexus, Nexus fand sich mit Hilfe des Ladenbesitzers in den oberen Rängen eines langgezogenen Bücherregals, konnte aber nur über die fahrbare Leiter heruntergeholt werden.
Wie immer war ich zu ungeduldig, um auf den alten Herren im Maßanzug zu warten, der eben umständlich auf einer alten Registrierkasse die Beträge für den Einkauf eines jungen Mädchens eintippte, also beschloss ich nicht zu warten, sondern auf die Leiter zu steigen, um mich selbst zu bedienen.
Wieso dauerte denn die Abfertigung dieser Kundin so lange? Ich durfte doch wohl erwarten, dass sich der Ladenbesitzer um meine Wünsche kümmerte, schließlich hatte ich deutlich gesagt, dass ich vorhatte, die drei Bücher zu kaufen.
Die beiden unterhielten sich noch angeregt an der Eingangstür, sie lachten vielsagend und er musterte sie

für meine Begriffe auch viel zu auffallend. Versuchte er womöglich, mit ihr zu flirten während ich auf der Leiter stand?

Irgendwie hatte mich dieser Gedanke verärgert und ich beschloss ihm eine verdiente Lehre zu erteilen. Obwohl sich die Holme der Leiter bereits schmerzlich in die dünnen Sohlen meiner Schuhe drückten, wartete ich ab, dass die Kleine auf der Straße verschwand und schob dann den Saum meines Mantels nach oben, sodass der Alte ausgiebig meine Beine sehen konnte und auch meinen Abstieg dehnte ich noch weidlich aus. An der Türe bekam er noch meinen unwiderstehlichen Augenaufschlag verpasst, wodurch ich sicher sein konnte, dass er mir mit lüsternen Gedanken nachglotzte.

Das Buch Sexus schien mir nicht uninteressant, auch wenn Henry Miller ein Mann ziemlicher Gedankensprünge und ausufernder Formulierungen war. Trotz allem wusste ich, dies würde meine Welt werden, zielgerichtet auf intellektuelle Werte und gesteuert von rationaler Vernunft.

Es war nun hoch an der Zeit, auch zu Hause mein Äußeres dahingehend auszurichten. Langer schwarzer Kittel, Rollkragenpullover und Samthose vielleicht, oder war ein grober schwarzer Strickmantel passender?

Das musste ich erst herausfinden, denn ich brauche zu allem die richtige Sphäre. Authentizität ist mir überaus wichtig.

Die Suche nach den Requisiten für mein neues Leben führte mich zwei Tage später wieder in die Nähe des

Antiquariats und obwohl ich noch mit dem Lesen des ersten Bandes meiner Trilogie beschäftigt war, hatte ich plötzlich Lust, wieder in diese geheimnisvolle Grotte der Wörter und Worte einzutreten.
Der Alte begrüßte mich mit einer leicht angedeuteten Verbeugung und ich begann wieder zwischen den Regalen herumzuwandern.
Ob er mir behilflich sein könnte, fragte er, aber ich lehnte ab. Es ging nur darum zu sehen, ob sich unerwartet Dinge für meine Bibliothek finden würden, erklärte ich ihm. Dann zog ich den Mantel aus, legte ihn auf einen Stuhl und fühlte mit Genugtuung den strammen Sitz meiner Jeans um Hüften und Gesäß. Sowie ich in sein Blickfeld kam, suchte ich in den unteren Reihen der Regale herum und achtete darauf, mich dabei genau so zu bücken, dass er mein schönes und apfelförmig rundes Hinterteil vor Augen hatte, dabei spürte ich förmlich von den Schenkeln bis zur Taille, die ein enggeschnürter Gürtel zusätzlich betonte, seinen begehrlichen Blick.
Ich machte es mir nun zur Gewohnheit, dieses Spielchen in immer kürzer werdenden Abständen zu betreiben und setzte jegliches Mittel ein, ihn zu reizen.
Eines Tages, es war inzwischen Dezember geworden, trug ich einen gestrickten besonders kurzen Minirock, eine blickdichte rote Stumpfhose und rote Cowboystiefelchen. Vermutlich wegen des schlechten Wetters kam nicht ein einziger Kunde in den Laden und der Alte saß an seiner Kassa und las eine Zeitung, zumindest gab er vor es zu tun.

Ich stand unmittelbar neben ihm und hielt unschlüssig zwei Bände Edgar Allen Poe in den Händen. Eine ungeschickte Bewegung von mir genügte und mein Rock rutschte noch etwas höher. Abgelenkt von den Büchern hatte ich es natürlich nicht bemerkt. Da spürte ich, längst schon erhofft, langsam tastend seine Hand auf meinem Oberschenkel. Meine Haut ist braun und glänzend, seine Hand dagegen war trocken und grau. Ich sah in seine Augen und ließ es auch zu, dass diese Hand weiter nach oben wanderte bis ich sie kurz vor dem Ziel wegdrückte. Dann zog ich meinen Rock gerade und bezahlte die beiden Bücher.

Diese Performance in verschiedenen Ausprägungen war nun bis Mitte Dezember bereits ein fixer Bestandteil meiner Besuche im Antiquariat des alten Mannes geworden.

Was als Bosheitsakt begonnen hatte, bedeutete für mich nun ein wohliges, erwünschtes Ritual und ich war überaus enttäuscht, wenn sich bei meinen Besuchen noch andere Kunden im Raum aufhielten.

Es war ein kleines Geschäft und ziemlich düster, aber ich konnte mir bereits gut vorstellen, in einem Antiquariat zu arbeiten.

Zwischen Weihnachten und Neujahr haben wir dann hinter den Bücherwänden in seinem winzigen altmodischen Büro miteinander geschlafen. Es war ein unendlich zärtlicher Akt, bei dem er ungeduldig aber respektvoll meinen Körper erkundete und dabei alle Saiten meiner Sexualität zum Klingen brachte. Irgendwann, während einer kurzen Pause der Entspannung, sagte

er mir, dass er zum Jahresende das Geschäft schließen und bei seiner Tochter in der Steiermark leben
würde.

Wir verbrachten diese Nacht auf der breiten alten
Couch in seinem Büro und wenn ich kurz eingeschla-
fen war, erwachte ich, weil sein sensibler Mund zärtlich
an meinen Brüsten sog. Ich genoss es, seine Zunge zu
spüren und war noch nie so stolz auf meinen inzwischen bemerkenswerten Busen gewesen als in jener
Nacht, wenn ich meine Nippel immer wieder träge
durch seine Lippen gleiten ließ, um sein Verlangen er-
neut anzustacheln.

Am Morgen habe ich diesem herrlichen alten Mann viel
Glück für sein neues Leben gewünscht und ging selbst
mit Wehmut und Traurigkeit. Es schien mir, als wäre
dies die einzige Begegnung in meinem Leben gewesen, die mich nicht aggressiv gemacht, sondern sanft
eine schmerzende Lücke gefüllt hatte.

Die Umstände hatten mich also wieder einmal gezwungen, das Leben neu anzufangen.
Ich las Henry Miller zu Ende und strich dann zielstrebig
durch die Antiquariate der Stadt auf der Suche nach
einem ähnlichen Laden, in dem ich versuchen würde
eine Anstellung zu finden. Endlich hatte ich Glück und
fand so ziemlich in der Nähe meiner Wohnung den
passenden Laden und eine Anstellung als Vertretung
der Chefin, deren Karenzurlaub eben anstand.

Das Geschäft war, im Gegensatz zum Antiquariat des alten Mannes, hell und übersichtlich, die angebotene Ware zum Großteil teuer und exklusiv.

Der Eigentümer, ein langweiliger, ruhiger, aber sehr eleganter Herr, dürfte so um die Fünfzig gewesen sein, führte mich dann auch notdürftig ein, aber ich denke, dass ich meine Sache recht gut gemacht habe, denn wenn ich interessiert bin, lerne ich schnell.

Die Ehefrau, vermutlich knapp Vierzig, die stundenweise im Geschäft mitgearbeitet hatte, trat außer beim Mittagstisch, zu dem ich gelegentlich eingeladen war, wenn mehr Arbeit anfiel, kaum in Erscheinung.

Die Tochter des Hauses saß die meiste Zeit im Büro hinter dem Geschäft und arbeitete offensichtlich für eine Prüfung oder ähnliches. Ihr Alter schätzte ich auf ungefähr achtzehn Jahre.

Sie war still, blass und zart. Seidige blonde Haare fielen ihr glatt auf die Schultern und große graue Augen blickten mir ungeschminkt aus dem schmalen Madonnengesicht entgegen. Beinahe rührend fand ich ihre Kleidung, eine hellblaue Bluse und einen dunklen Faltenrock. Wie ich sofort bemerkte, hatte sie sehr schöne Hände und kurz geschnittene Fingernägel. Eigentlich erinnerte sie mich stark an meine eigene Zeit im Lycée.

Nach einigen Tagen, als ich mich zwar schon einigermaßen orientiert hatte, aber doch noch unsicher war, erkundigte sich eine Kundin nach einem bestimmten Buch, also ging ich nach hinten, um den Chef zu holen.

Ihr Vater würde gleich zurückkommen, sagte die junge Frau und dabei sah ich zufällig auf das am Schreibtisch liegende Material, mit dem sie zu arbeiten schien. Dass es sich dabei in erster Linie um Bücher und Unterlagen in französischer Sprache handelte, erkannte ich auf den ersten Blick und alle hatten sie die französische Revolution zum Thema.
Das Mädchen nahm mein Interesse wahr und lächelte.
„Hintergrundinformationen", sagte es, „ich schreibe meine Doktorarbeit über die Jakobiner."
„Doktorarbeit?", fragte ich überrascht, „ich hätte Sie auf höchstens achtzehn Jahre geschätzt."
„Ich bin fast dreiundzwanzig."
„Aber Ihre Mutter, sie sieht sehr jung aus?"
„Sie war auch sehr jung, als ich geboren wurde."
Daraufhin ließ ich von diesem Thema ab.
„Sie sprechen offensichtlich sehr gut französisch", erkundigte ich mich und fügte etwas lahm hinten an: „Ich selbst bin Halbfranzösin."
„Ich habe das französische Gymnasium besucht", antwortete sie. „Ich heiße übrigens Klara."
„Ich bin Mouche", grinste ich.
„Ist das ein Name? Ein Nachname meine ich natürlich."
„Ganz und gar nicht."
Wir gingen jetzt beide in den Geschäftsraum hinaus um die Kundin nicht alleine warten zu lassen und dann erzählte ich Klara auch die merkwürdige Geschichte meiner Namensgebung.

Als Klaras Vater kam und die Dame bediente, hatten wir noch etwas Zeit, uns zu unterhalten. Letzten Endes bot ich Klara an, sie bei den Recherchen und Übersetzungen zu unterstützen und sie nahm hocherfreut an.

So kam es, dass ich mich in die Welt von Danton, Marat und Robespierre vertiefte und schon bald bemerkte, dass mir das Ganze gefiel.

Dann kam noch eine weitere Sache auf mich zu. Durch die Zusammenarbeit mit Klara gab es für mich das Angebot eines Verlags, französische Texte zu lektorieren. Klara ließ mir keine Wahl und erklärte, dass ich wie geschaffen für diese Art von Beruf sei. Wenn Klara dies wollte, wusste ich, ich würde es tun.

Die Zeit verging, ich war beschäftigt und zufrieden und das wichtigste war überhaupt, dass Klaras Doktorarbeit mit Riesenschritten vorwärts ging. Inzwischen hatte ich nämlich begonnen, auf ihr Wohl zu achten, dass sie nicht vergaß zu essen, sich nicht durch stundenlanges Lesen ohne Brille die Augen verdarb und war auch umsichtig darauf bedacht, sie nicht auf einen Kerl hereinfallen zu lassen, bevor sie ihre Ausbildung zu Ende gebracht hatte. Kurzum, ich war besorgt um sie und zugleich auch mächtig stolz auf jeden ihrer Erfolge.

Als ich nach einigen Wochen mit meinem Chef zur Frankfurter Antiquitätenmesse flog, um ausgefallene Bücher und anderes antiquarisches Material zu finden, kam er nachts ganz selbstverständlich und wortlos in mein Bett. Ut ius primae noctis, er nahm sich offenbar den ihm zustehenden Tribut. Nach besten Kräften und mit der gebührenden Hingabe, diente ich ihm in dieser Nacht zu einer Kette von Höhepunkten auf seiner zweifellos sonst sehr nüchternen Geschäftsreise.

Sogar der ausgezeichnete Roomservice hatte uns noch diskret den spät bestellten Champagner samt Hummerhäppchen gebracht und der junge Mann arrangierte Gläser und Teller ebenso leise wie bedächtig auf dem kleinen Tischchen vor dem großen Bett, auf dem der Antiquar erbarmungslos dabei war, meine ungezügelte Lust zu konsumieren. Ein Mann, teuer aber unauffällig gekleidet, ruhig und distanziert und sicher doppelt so alt wie ich. Arrogant hatte er den Kellner mit einer Handbewegung angewiesen, das Bestellte auf dem Glastisch zu platzieren und ihn dann nicht mehr zur Kenntnis genommen. Ich fand immer mehr Gefallen an diesem Spiel, da es stimulierend und quälend zugleich für unseren zur Untätigkeit verdammten Zuschauer sein musste und spürte, dass auch mein Potentat es genoss in Gegenwart des hübschen Ganymeds, der sichtlich am Beginn seiner Berufslaufbahn stand, scharfen Sex mit einer jungen Frau zu haben. Andererseits stand außer Frage, dass sich dieser starke unreife Junge durch nichts hindern lassen würde, in mein Bett zu steigen, so bald seine Nachtschicht zu Ende war. Dafür habe ich einen untrüglichen Sensor.

Jeden Abend der zwei weiteren arbeitsreichen Tage legte ich es nach dem Besuch des mondänen Frankfurter Vergnügungsviertels so an, dass für meine beiden Matadore die jeweils zugemessene Zeit in meiner Arena einem sinnlichen Feuerwerk glich. Es waren zugleich befriedigende, aber auch provozierende Stunden, denn es schien kaum möglich, dass einem erfahrenen Mann wie dem Antiquar die Spuren meiner weiteren genussvollen Unterwerfung auf dem Laken verborgen geblieben wären oder er Zweifel an der Person ihres Erzeugers gehabt hätte. Aber noch gab es keinerlei Zugehörigkeit der Partner.

Die strengen Aufmerksamkeiten meines reifen Liebhabers habe ich allerdings mit wesentlich mehr Lust genossen als die kraftvollen Bemühungen des noch ungezähmten kleinen Stiers und ich erkannte, dass es mich unendlich erregte, beherrscht zu werden.

Zu Hause angekommen küsste mein Herr, wie ich ihn bei mir nannte, seine Tochter und seine Frau. Beim Abendbrot trug sie einen prachtvollen Ring, den er für sie gekauft hatte und beide waren nach dem Dessert sofort verschwunden. Ich unterhielt mich noch eine Weile mit Klara und später hörte ich dann sein mir jetzt schon vertrautes, animalisches Stöhnen aus dem Schlafzimmer.

Es störte mich aber nicht, denn wir durften ohnehin nicht mehr miteinander zu tun haben, auch wenn ich bei der Geräuschkulisse vor dem ehelichen Schlafzimmer ein verdächtig ziehendes Gefühl zwischen den Beinen verspürt hatte. Wichtiger war mir aber, dass ich für Klara ein geordnetes Familienleben bewahren wollte, ohne emotionale Belastungen. Sie sollte zu ihrem

Vater aufsehen als einem Mann von Moral, ohne fremden Bettschweiß und Verhütungsmaßnahmen.

Drei Wochen später bat mich die Gattin des Antiquars in ihr Wohnzimmer. Sollte sie eine Ahnung von den Vorgängen in Frankfurt haben?
Als wir auf bequemen Polsterstühlen Platz genommen hatten, sah ich verwundert, dass sie Kaffee und offenbar selbstgebackenen Kuchen vorbereitet hatte.
Vorsichtig versuchte ich ihre Stimmung abzutasten, da begann sie bereits zu sprechen.
„Mouche", sagte sie leise, „ich darf doch Mouche zu Ihnen sagen?"
„Selbstverständlich", bekräftigte ich.
„Dann bitte ich Sie, jetzt für Sie Evelyn zu sein, dann fällt mir leichter, was ich Ihnen zu sagen habe."
Etwas verwirrt nickte ich nur.
„Mouche", sagte sie, „es geht um meinen Mann."
Natürlich, ich wusste es ja.
„Ich liebe meinen Mann und er liebt mich", sie lächelte und legte die Hand auf ihr Bäuchlein, das sich bereits rundete. „Und es ist ja nun auch nicht mehr zu übersehen."
Sie schien doch wesentlich ruhiger zu sein als ich erwartet hatte.
„Sehen Sie, mein Kind, wir haben Klara gezeugt, als ich sehr jung und das Geschäft eben im Aufbau war."
Das hatte ich bereits festgestellt.
„Nun hat mich mein Mann noch einmal sehr glücklich gemacht indem er mir eine zweite Schwangerschaft

geschenkt hat. In meinem Alter beinhaltet das zwar ein gewisses Risiko, obwohl ich sehr gesund bin, aber ich möchte dieses Glück unter keinen Umständen jetzt noch gefährden."

Sie sah mich forschend an.

„Mein Mann ist ein wunderbarer Mensch und gefühlsstarker Liebhaber", erklärte sie mit einem Anflug von Stolz, „ich möchte nicht, dass er meinetwegen jetzt seiner Freuden beraubt wird."

Ich konnte mir gut vorstellen, dass ihm dies schwer fallen würde, wusste aber nicht, welchen Rat ich ihr hätte geben können.

Sie legte Ihre Hand auf die meine.

„Ich kenne meinen Mann gut genug um zu wissen, dass es ihn empfindlich treffen würde, jetzt auch auf Sie zu verzichten. Sie haben sich in letzter Zeit ziemlich von ihm abgewandt. Warum?"

Wusste sie, dass wir uns bereits mehr als nur nahe gekommen waren? Aber da sprach sie auch schon hastig weiter.

„Sie haben ihm in Frankfurt zauberhafte intime Stunden geschenkt, würden Sie meinem Mann, wenigstens mir zu Liebe, auch weiterhin geben, worauf ich nicht will, dass er verzichten soll? Sie sehen ja selbst, er braucht Sie."

„Er hat darüber gesprochen?", fragte ich entgeistert.

„Warum nicht? Ich habe Ihnen doch gesagt, dass wir uns lieben."

Obwohl der Gedanke an seine Nähe warm und erregend war, musste ich jetzt allein sein und die Sache ernstlich überlegen, aber niemals würde ich Klara so hintergehen.

Ich richtete mich auf: „Denken Sie dabei auch an Klara?"

„Sie hat damit nichts zu tun."

„Eben", sagte ich, „wenn Sie nichts dagegen haben werde ich mich jetzt zurückziehen."

„Ich werde von Ihnen hören?"

„Das werden Sie."

Am Nachmittag, als ich Klara ihren Tee brachte und sie wieder einmal nötigte, auch ein Stück Kuchen zu essen, sah sie mir plötzlich lächelnd in die Augen.

„Du solltest den Wunsch meiner Mutter akzeptieren", erklärte sie, „es ist für uns alle das Beste."

„Das Beste?", stammelte ich, „dieser Handel muss Dir doch unerträglich sein."

„Nicht wenn er die Familie glücklich macht. Wenn Vater ruhig und gelassen und Mutter ohne Sorgen um Vaters Wohl ist, sind wir alle zufrieden. Die beiden sind immer für einander da und Du würdest ihre Liebe großzügig unterstützen."

Ich war noch nicht fähig zu antworten.

„Ich liebe meinen Vater", sagte sie leise, „aber Du solltest es nicht tun, wenn es Dir zuwiderläuft, obwohl ich weiß, dass Du es genossen hast. Du bist wie er."

Nur Klaras Ansicht allein war für mich wichtig. Ihr konnte ich ohnedies nichts mehr abschlagen, sie war mein kleines Vögelchen im Nest.

Wiederum würde ich zwar an zweiter Stelle rangieren, aber ich hatte doch deutlich einen Platz, auf dem ich mich behaupten konnte.

Am Nachmittag stattete ich ein hübsches Zimmer mit Ausblick auf einen verwunschenen Garten im Innenhof über dem Antiquariat mit rotem Bettzeug, einem dicken rosafarbenem Flauschteppich und anderen netten Dingen aus. Ein eingebauter, umfangreicher weißer Kasten nahm Wäsche und einige meiner Kleidungsstücke auf.
Meine Tiere zogen gerne wieder bei meiner Mutter ein und ich ging merkwürdig beschwingt in die Zukunft.

Klara und ich kamen mit der Arbeit für die Dissertation überraschend schnell voran, Evelyn nahm an Umfang zu und bereitete sich bereits auf die Geburt vor.
Karl, mein Geliebter, war nervös, wie es werdende Väter sehr oft sind und es wurde immer schwieriger, ihn wenigstens in den Nächten das freudige Ereignis vergessen zu lassen. Also wünschten wir alle, die Zeit möge schneller vergehen und der Geburtstermin rascher näherkommen.
Endlich war es dann so weit und Klara und ich fieberten im Wintergarten des Krankenhauses zwei Nachtstunden lang der Geburt des kleinen Erdenbürgers entgegen. Karl hielt die Hand seiner Frau und als endlich sein kleiner Sohn zur Welt kam konnten wir das Wunder kaum fassen und fanden das kleine Würm-

chen wäre das schönste Kind auf dem gesamten Erd-
ball.

Ich stand jetzt viele Stunden des Tages im Geschäft,
denn Karl, der späte Vater eines Sohnes, konnte sich
kaum von ihm trennen. Nach einer Woche schlief er
wieder mit Evelyn und die beiden erlebten einen zweiten Frühling.

Ich wachte jetzt mehr denn je über Klara, denn sie hatte ihre Arbeit abgegeben und büffelte für die mündliche
Vorstellung des Elaborats.

Gewissenhaft achtete ich darauf, dass sie ausreichend
frische Luft im Grüngürtel von Wien bekam, ließ mich
von ihr zur Ablenkung auf Künstlerfeste begleiten und
achtete darauf, dass sie genügend Vitamine zu sich
nahm.

Karl fand ich jetzt wieder öfter in meinem Bett, ohne
dass er allerdings Evelyn vernachlässigte, die aber mit
dem Baby doch ziemlich ausgelastet war. Ich unter-
stützte sie, wo ich konnte und der Kleine wuchs mir
immer mehr ans Herz, genau so wie sein Vater.

Als Klara ihre letzte Prüfung hinter sich gebracht hatte,
stellte ich fest, dass die Zeit der Anspannung in diejenige der Unterhaltung übergehen musste. Wir machten
die Nächte durch, trieben uns bis zum Morgengrauen
in angesagten Bars und Clubs herum, aber ich hatte
immer ein Auge auf Klaras Umgang, niemals durfte ihr
widerfahren, was ich leider zu oft erleben musste.

Obwohl mir Karl in den Nächten seine volle Aufmerksamkeit schenkte, spürte ich manchmal beinahe

zwanghaft den Wunsch, festzustellen, ob meine Wirkung auf die männliche Bevölkerung Wiens noch ebenso so zuverlässig war, wie vor einer mir unendlich lang vergangen scheinenden Zeit.

Wenn Klara zu Bett gegangen war, holte ich meine High Heels und knappsten Kleider aus dem Kasten und graste die eleganten Nachtlokale der Innenstadt ab.

Manchmal trafen mich zufällige Begegnungen so sehr, dass meine eigene Wohnung in der Nähe des Antiquariats für mehrere Nächte zur Oase orgiastischen Liebessgenusses wurde. Hier gab es Liebe unter Fremden mit gewollter oder erzwungener Hingabe. Mein Advokatus Diaboli wurde Chiko gerufen, mehr wusste ich nicht über ihn. Seine Wirkung auf mich war ein ständig brennendes Verlangen, aber nicht nur ich litt unter diesem Hunger. Da Chikos Libido vermutlich unerschöpflich war, verpasste dann keines der anderen Mädchen je die Verwirklichung seines Traumes und wurde mit ihm in meinem Schlafzimmer glücklich.

Trotzdem, ich war besessen von ihm und wollte ihn bei jedem Happening dabei haben um, wenn er es wünschte, willig für ihn da zu sein. Auch hatte ich jetzt ein größeres Bett angeschafft und bezog es für ihn in Pflaumenblau. Er liebte diese Farbe, da sie der Haut jedes Mädchens schmeichelte.

Allerdings honorierte er diese meine Bemühung in erster Linie dadurch, dass er diese lilafarbene Neuerwerbung an manchen Abenden sogar stündlich mit einer oder mehreren Gespielinnen beanspruchte.

Eines Tages war auch er verschwunden. Was hatte ich nun schon wieder falsch gemacht?
Erst viel später habe ich erfahren, dass Karl von meinen überschießenden amourösen Aktivitäten wusste. Vermutlich hat dieses Wissen sogar seinen Genuss gesteigert, wenn ich nichts ahnend von ihm an die Kandare genommen wurde.

Allmählich war es nun immer mehr zur Gewohnheit geworden, dass ich Stunden mit Evelyn zusammen saß und ihr aus meinem Leben erzählte. Sie hörte gerne Geschichten über meine Familie, aber besonders fasziniert war sie von meinem Grand-père und ich beschloss, demnächst mit ihm zu telefonieren. Vielleicht lud er uns im Sommer zu sich ein.
Ich schlief jetzt regelmäßig nur noch mit Karl und begann ein ungewohnt bürgerliches Leben an seiner und Evelyns Seite zu führen, trotzdem waren wir nicht dazu übergegangen uns zu duzen. Ich wäre auch nur ungern dazu bereit gewesen, denn für Karl und mich war es erregend, uns auch im Zustand der höchsten Leidenschaft förmlich zu begegnen. Für Kenner wie Karl war es eine unglaubliche Verfeinerung gehobener Liebeskultur.
Als ich an einem Samstag eine Kiste mit Büchern aus dem Keller schleppte, meinte Evelyn: „Ich helfe Ihnen gleich, Sie sollten sich jetzt mehr schonen.“
„Nicht nötig, ich bin stark wie ein Ochse“, wehrte ich grinsend ab.

„Aber nein, die erste Zeit ist die gefährlichste“, sagte sie, „Sie könnten das Kind verlieren.“
„Was sollte diese Bemerkung?“
„Ich bin doch nicht schwanger.“
„Doch, sind Sie“, widersprach Evelyn, „und es wäre unverantwortlich, jetzt nicht vorsichtig zu sein, auch Karl hat ein Recht auf sein Kind.“
„Aber Sie irren sich.“
Das sollte wohl ein Witz sein.
„Eine Frau erkennt so etwas, ihre Haltung verändert sich, die Haare verlieren ihren Glanz, aber Ihre Brüste werden größer, hören Sie auf mich. Ein Kind ist immer ein Geschenk, man muss es hüten wie seinen Augapfel“, sagte sie ruhig.
Jetzt war ich unsicher geworden. Ich hatte vor acht Wochen die Pille abgesetzt, da ich sie zurzeit schlecht vertrug. So schnell konnte es doch nicht möglich sein schwanger zu werden. Der Gedanke war geradezu absurd.
Nachdenklich schlurfte ich in mein süßes rosa Zimmer und begann nachzurechnen und den Beipackzettel der Pille zu lesen. Da stand unter anderem, dass die Schutzwirkung sofort nach Absetzen des Medikaments aufgehoben wäre, aber ich war es nicht gewohnt, Vorkehrungen zu treffen, zu denen durch die Pille bisher auch nie Anlass bestanden hatte. Ich überlegte den Zeitpunkt der letzten Regel, aber auch hier kam ich zu keinem Ergebnis, zu sehr hatten sich diese Dinge automatisiert.

„Trotzdem unmöglich", dachte ich, aber als Karl mich noch in dieser Nacht aufsuchte, kamen Zweifel in mir auf.
Ein Test brachte dann die Gewissheit. Karl wurde wieder Vater.
Wesentlich schwieriger als alles andere würde es sein, meine Eltern und Grand-père aufzuklären. Ich bekam ein Kind von dem Mann, der mit Evelyn verheiratet war und teilte mit dieser Frau im selben Haus deren Mann und den Vater meines Kindes.
Diesmal dauerte es beinahe zwei Wochen, bis Karl in mein Zimmer fand und ich mich entschloss, ihn zu unterrichten.
„Karl", begann ich, „ich muss mit Ihnen reden."
„Nicht reden", sagte er, „wimmern sollen Sie in Ihrem Bett."
„Aber es ist wichtig."
„Wichtiger als diesen Prügel zu spüren?"
Er ließ mich seine mächtige Erregung sehen und ich streckte fordernd die Hand aus.
„Nein", sagte ich, „bestrafen Sie mich sofort, ich habe es verdient."

„Was wollten Sie mir sagen?" ,fragte er später.
„Sie werden wieder Vater", sagte ich triumphierend, „ich bin schwanger."
Er sah mich prüfend an.
„Habe ich richtig gehört?"
„Ja", sagte ich, „ich bin schwanger."
Er küsste mich und betastete meine Brüste.

„Ich danke Ihnen", antwortete er, „sind Sie glücklich?"
„Sehr", antwortete ich leise.

Drei Monate waren überstanden, Karl begnügte sich jetzt damit, mich jeden Abend sanft zu streicheln und schlief mit Evelyn. Manchmal war mein Hunger nach seinem Körper so stark, dass ich in Tagträume verfiel, aber er hatte wie immer Recht, nichts durfte riskiert werden. Ich wurde unförmiger und blass, aber Evelyn blühte auf wie eine Blume. Wenn sie zusammen mit dem kleinen Jungen spielten und sich dabei in die Arme nahmen strahlten sie vor Glück.
„Ich liebe diese Frau", schrieb Karl auf Evelyns Foto in der Auslage.
Klara begann nun eifrig und unglaublich begabt Babyjäckchen und süße kleine Schuhe zu stricken, denn sie freute sich schon ganz schrecklich auf mein Kind.

Meine Brüste schwollen an, näherten sich dann bereits dem Umfang strammer Melonen und erregten Karl so sehr, dass er seine Hände nicht im Zaum halten konnte. Ich fühlte seine suchenden Finger ständig unter Pullovern und Jacken, auch Büstenhalter trug ich keinen mehr, denn Karl liebte es, wie ein Baby an meinen üppigen dunklen Warzen zu saugen, wann immer es sich ergab. Hatte er Evelyns Busen in den Tagen ihrer Schwangerschaft ebenso genossen? Wieso hatte ich es nicht bemerkt? Hatte sie womöglich gelegentlich erhalten, was mir jetzt kategorisch verweigert wurde?

Möglich, aber wenn Karl etwas haben wollte, bekam er es auch und es war richtig so.

Leider befand ich mich zurzeit in der Rolle eines Aperitivs, Karls ungezügelter Appetit auf mehr konzentrierte sich nur noch auf Evelyn, aber selbst auf diese satte Gewissheit wollte ich nicht mehr verzichten, denn ich hatte inzwischen gelernt, auch Gefühle der Entsagung lustvoll in meinen Vorstellungen zu verarbeiten.

Evelyn und ich waren einander sehr zugetan und wenn wir in ihrem Wohnzimmer oder einem Cafè saßen betrachtete ich sie und war von ungeheurem Stolz bei dem Gedanken erfüllt, dass wir diesen wunderbaren Zustand Karl verdankten, weil er uns zu glücklichen Frauen gemacht hatte, die schwesterlich seine Lust empfingen. Überaus viril hatte er jetzt auch dieses Kind gezeugt, das stark und prächtig in mir heranwuchs.

Als der Termin der Geburt näher kam, beschloss ich mit Grand-père zu reden.

Ich rief an einem Abend, an dem ich mit einer Übersetzung beschäftigt war, an und sagte ihm die ungeschminkte Wahrheit. Dass ich von einem Mann in Kürze ein Kind erwartete, in dessen Haus ich die meiste Zeit über lebte, dass er verheiratet war und dies auch so bleiben würde.

„Ein Kind ist immer ein Glücksfall", sagte er schlicht, „bedrückt Dich die Situation?"

„Nein", sagte ich, „ich bin glücklich mit ihm und seine Frau ist mir sehr ans Herz gewachsen. Wir unterstützen uns gegenseitig, denn sie hat ebenfalls noch ein Baby bekommen."

„Er schläft also mit Euch beiden?"

„Ja, Grand-père," antwortete ich, „ich möchte weder Karl noch Evelyn verlieren. Ich bin zum ersten Mal ruhig und glücklich. Kannst Du mich verstehen?"

Als ich beinahe schon gedacht hatte die Leitung wäre tot, sagte er: „Aber natürlich, mein Liebling, das weißt Du doch, oder hältst Du mich für einen hinterwäldlerischen, spießigen Moralisten? Nein, nein, das Gegenteil ist der Fall, ich bin sehr, sehr stolz darauf, ein Urenkelkind in die Arme gelegt zu bekommen und bitte Dich um Gottes Willen, gut aufzupassen auf Dich und auf Es."

Eine warme Welle des Glücks durchflutete mich, jetzt konnte ich meinen Zustand erst richtig genießen.

„Wissen es Deine Eltern?", fragte er plötzlich.

„Nein."

„Kennen sie den Mann?"

„Ich glaube nicht, sein Antiquariat liegt nicht in ihrer Nähe."

„Wie alt ist denn nun der Vater Deines Kindes?"

„Fünfzig."

„Er könnte beinahe Dein Großvater sein und trotzdem hat er zwei Frauen in seinem Bett?"

„Er kann nicht anders."

„Nein, er will nicht anders."

„Evelyn ist gerade erst vierzig und hat natürlich Bedürfnisse."

„Und sie ist auch seine Frau, die er erst vor kurzer Zeit ebenfalls geschwängert hat.“

„Aber ich bin seine Geliebte, die in Kürze ebenfalls sein Kind zur Welt bringen wird.“

„Du bist sehr mutig“, sagte er ruhig.

„Grand-père“, sagte ich, „ich will es so und könnte es nicht ertragen, ihn zu verlieren.“

„Ist schon gut, meine Mouche, alles ist gut. Du wirst mir jetzt täglich berichten?“

„Fast täglich“, lachte ich, „ich liebe Dich, Jaques.“

„Ich Dich auch, Engelchen, das tat ich doch schon immer.“

Und alles wurde gut, so wie Grand-père es gesagt hatte.

Als ich an einem Vormittag Evelyns kleinem, entzückenden Karl sein Fläschchen gegeben hatte, ließ mich ein schmerzlicher Krampf erschauern.

Sie sah mich forschend an.

„Ich glaube, es ist soweit“, stellte sie fest und ich überließ mich dankbar ihrer freundlichen Fürsorge.

„Ich möchte noch hier bleiben.“

Sie geleitete mich zum Sofa.

„Aber natürlich“, sagte sie, „ruhen Sie sich aus.“

Eine halbe Stunde später hielt ich bereits glücklich mein Söhnchen im Arm, Evelyn war seine Hebamme gewesen.

„Ist er nicht zauberhaft“, fragte ich und Evelyn, die mein Bübchen versorgte, wollte den Kleinen kaum mehr aus den Händen lassen und Klara weinte vor

Freude. Karl leuchtete der Stolz aus den väterlichen Augen und wir beschlossen, seinen zweiten Sohn auf den Doppelnamen Jaques-Charles taufen zu lassen, nach Grand-père und dem Vater meines Kindes.

Auch meine Eltern waren verrückt nach ihrem Enkelkind, wenn es auch nicht unbedingt die zu Grunde liegenden Verhältnisse waren, die sie sich gewünscht hätten, aber ich war der Tatsache gewiss, dass es sich bei Jaques-Charles um das meistgeliebte Kind der Welt handelte.

Es vergingen herrliche Monate und als mein Junge ungefähr ein halbes Jahr alt war, flog Karl auf die Buchmesse in Mailand. Evelyn war mit Karl Junior und Klara in den Zoo gefahren als Karl anrief, er sei wieder am Flughafen Schwechat gelandet.

Da Evelyn und Klara erst Stunden später erscheinen würden, fütterte ich den Kleinen und legte ihn in sein Bettchen.

Dann nahm ich die herrliche Spitzenwäsche, die mir Karl zum Geburtstag geschenkt hatte, aus dem Seidenpapier und bezog mein Bett mit glänzendem rotem Satin.

Karl riss mir bereits am Eingang Negligee und Top von den Schultern und ich lief ihm voraus in unser kleines Reich der Lüste. Schwer drückte er mich mit seinem Körper nieder und wir genossen einander, als hätten wir uns seit Wochen nicht gesehen. Später löste ich seine Krawatte, die er nicht abgenommen hatte und öffnete ungeduldig sein Hemd.

Und dann sah ich ihn, den dunkelblauen Knutschfleck an seiner Schulter. Vermutlich hatte er vor dem Abflug noch ein galantes Abenteuer genossen und das verräterische Mal noch nicht einmal bemerkt, aber der Strudel, in den er mich zog, ließ mir zunächst keine Wahl, ich gab ihm auch jetzt wieder, was wir beide haben wollten.

Am nächsten Abend, als Evelyn und ich die Babys versorgt hatten und Karl zu einer Besprechung unterwegs war, saßen wir bei einer späten Tasse Kaffee im Wintergarten Evelyns.

„Karl hatte gestern einen Knutschfleck", sagte sie, „haben Sie ihn auch gesehen?"

Ich nickte nur.

„Ich habe auch die Abrechnung für seine Kreditkarte gefunden, er hat vor Wochen zwei Flugkarten und ein Doppelzimmer in Mailand bezahlt."

„Wer kann sie sein?", fragte ich.

„Auf jeden Fall ist sie jung mit fantastischer Figur und langen Haaren."

Ich überlegte. Das einzige weibliche Wesen, welches diesen Anforderungen entsprach, hatte ich in Frankfurt gesehen. Karl hatte sie mir als Verlegerin vorgestellt. So weit ich mich erinnern konnte, lebte sie in Linz.

„Werden Sie ihm eine Szene machen?", fragte ich unschlüssig.

„Natürlich nicht", antwortete sie, „aber Sie werden verstehen, dass ich wissen will, wer sie ist."

Ich war froh, dass ich untätig bleiben konnte, stellte aber im Stillen wieder fest, dass ich offensichtlich mein Talent, in schiefe Lagen zu gelangen, nicht los wurde.

Eine Woche später, als ich meine Uhr zur Reparatur brachte, sah ich, wie Karl in Begleitung der Schönheit aus Frankfurt ein teures Hotel hinter dem Stephansdom verließ. Er trug die elegante Tragtasche einer snobistischen Boutique, die er ihr noch überreichte, nachdem sie sich zärtlich geküsst hatten.

Sie hatte also Wien nicht verlassen.

Was war jetzt zu tun? Sagte ich Evelyn nichts von meiner Beobachtung, würde sie es mir verübeln, wenn sie es trotzdem erfuhr, behielt ich es nicht bei mir, würde Karl mich verdächtigen, ihn zu bespitzeln.

Ich fühlte mich elend, verraten und betrogen von dem Mann, dem ich bis jetzt bedingungslos vertraut hatte.

Nach drei Tagen entschied ich mich dafür, zu schweigen, schließlich wusste niemand, was ich gesehen hatte.

Solange ich in den Armen Karls lag, verdrängte ich die Gedanken an mein Erlebnis, aber es stand ständig unerwähnt und präsent zwischen Evelyn und mir im Raum. Hatte sie keinerlei Wunsch zu wissen, mit wem sich ihr Mann außer Haus vergnügte?

An einem Samstag nach zwei oder drei Wochen bat Evelyn Klara, auf unsere Söhne aufzupassen, da sie mit mir eine Vernissage besuchen wollte. Der Zeitpunkt war gut gewählt, da Karl geschäftlich unterwegs war und wir endlich Gelegenheit hatten, ohne Verpflichtung unter Menschen zu gehen.

„Wohin wollen wir?", fragte ich.

„Ich habe eine Taxe bestellt, vertrauen Sie sich mir an."

Wir fuhren aus der Stadt und durch die schöne abendliche Landschaft des Helenentals.

„Sind Sie hungrig?", fragte Evelyn.

„Ein wenig", antwortete ich, „aber man wird sicherlich beim Eintreffen der Gäste verschiedene Häppchen anbieten."

Vor einem hell erleuchteten Hotel bedeutete Evelyn dem Fahrer anzuhalten und wir betraten das Restaurant. Eigentlich blieben wir im Entree stehen und Evelyn wies durch die gläserne Wand in den Raum. In einer der Fensterlogen saß Karl mit der Verlegerin, hielt ihre Hand und küsste sie. Ich spürte förmlich, wie seine Zunge über ihre Handfläche glitt.

Die junge Frau sah hinreißend aus. Ihr schwarzes Kleid mit einem tiefen rechteckigen Ausschnitt musste unglaublich teuer gewesen sein. Das blonde Haar fiel ihr bis über die Schultern und die gepflegten Hände mit den langen roten Nägeln zierte ein wunderschöner Solitär. Ihr Busen war voll und makellos. Mit dieser Frau würde Karl überall im Mittelpunkt stehen.

„Woher wussten Sie?", fragte ich überwältigt.

„Ich habe eine Detektei beauftragt", antwortete sie, „das Mädchen nimmt zurzeit an einem Kongress für Autoren und Verleger teil und wohnt hier im Hotel. Karl scheint Stammgast zu sein und bei ihren Tet-à-Tets sitzen sie immer in dieser Loge."

Als die beiden kurz darauf zum Zimmer der jungen Dame aufbrachen, bestiegen wir das Taxi und ließen uns nach Grinzing, in eines der unzähligen Weinlokale, chauffieren.

„Ich denke", sagte Evelyn, „wir müssen nicht unbedingt über die Sache reden."

Ich nickte zustimmend.

Das Wetter wurde zusehends strahlender, der Hochsommer stand vor der Tür. Unsere Söhne entwickelten sich prächtig und machten uns viel Freude. Karl nahm sich jetzt mehr Zeit für die Kinder, obwohl er sonst ziemlich viel unterwegs war. Aber er streichelte jetzt zwischendurch unmotiviert meine Brüste und kam zweimal die Woche in mein Bett. In mir nagten Zorn und Eifersucht, aber ich war sofort für ihn bereit, wenn er mich berührte.

Wenn seine Geliebte in Wien war, schützte Karl unendlich viele geschäftliche Termine vor, andernfalls trafen sie sich in einem Motel an der Autobahn zwischen Linz und Wien.

Karl strotzte vor Gesundheit und Lebenslust und buchte jetzt auch Segel- und Tennistage.

„Er führt seine Geliebte vor", dachte ich verbittert. Die Frau war fünfundzwanzig und hatte den Betrieb ihres Vaters übernommen.

Evelyn verschloss die Augen, vergötterte ihn und genoss was er ihr bot, so wie ich eben auch.

Als es nun sehr heiß wurde, lud Grand-père mich und Evelyn ein, auf sein Gut zu kommen und seinem Urenkel und dessen Bruder ein angenehmeres Klima und ländliche Geborgenheit zu bieten.
Karl erklärte sich auch umgehend bereit, zwei Monate auf uns zu verzichten. Natürlich nahm er die Chance wahr, seine Zeit ungezügelt im Bett seiner schönen Geliebten zu verbringen.

Das Wiedersehen mit Jaques war wundervoll und mein kleiner Sohn verbrachte seine Tage glücklich mit ihm. Auch der schon verständigere Karl, der inzwischen beinahe zwei Jahre alt war, wollte nur mit ihm spielen, essen und schlafen gehen. Hier gab es keine Klagen und keinen Widerstand, Grand-père war der erklärte Liebling der Kinder.
Als Mathis kam, um uns zu begrüßen, küsste er beide Knaben und beglückwünschte uns zu diesen wunderbar gedeihenden Kindern.
Er bewunderte Evelyn, die es sich nicht nehmen ließ, unsere Croissants selbst zu backen und dabei hinreißend aussah. Nach einigen Tagen hatte sie sich an das Klima gewöhnt, ihre blonden Haare leuchteten wie Gold und wenn sie lächelte, schien die Sonne in ihrem schönen Gesicht aufzugehen. Mathis ging ihr immer und überall zur Hand und war nun ständig präsent.

Als ich den ersten Ausritt nach meinem letzten Aufenthalt unternahm, begleitete er mich galant, da der Stallbursche an diesem Tag nicht verfügbar war.
Evelyn stand am Tor und winkte uns zu.
An dem schönen Lavendelfeld machten wir eine kurze Rast und Mathis wies auf die neue Koppel hin, die er für seine Pferde hatte errichten lassen.
„Ich reite eben eine neue Stute zu“, erzählte er stolz, „und ich rufe sie Daisy.“
„Aber Du schonst sie noch?“, fragte ich.
„Ja, sie steht im Stall, die Hitze ist mörderisch.“
Er hatte Recht, die Hitze wurde immer drückender, also war es Zeit zurückzureiten, Evelyn lag sicherlich im Schatten und genoss den kühlen Pool und Mathis würde ebenfalls gerne einen Drink von ihr gemixt haben wollen.
„Du siehst prächtig aus, bist Du glücklich?“, fragte er.
„Ich bin sehr glücklich“, antwortete ich, „ich habe einen wunderbaren Sohn und einen wunderbaren Liebhaber.“

„Du bist sehr temperamentvoll“, lächelte er, „ich weiß.“
Natürlich wusste er es. Ich nickte amüsiert in Erinnerung an unsere Nacht vom vorigen Jahr, aber er trat einen Schritt näher, sah mir in die Augen und schob seine Hände unter mein Shirt. Dann begann er sanft meine Warzen zu massieren und augenblicklich wurden sie hart. Ich erstarrte förmlich unter seinem Blick.
„Möchtest Du, dass ich aufhöre?“, fragte er mit rauer Stimme.

„Nein", sagte ich gepresst, „ich genieße Deine Hände."
„Nur meine Hände?"

Blitzartig öffnete er den Bund meiner Reiterhose und wir fanden wortlos und so heftig ineinander wie vor einem Jahr mit Juliette.
„Wie geht es Dir?", fragte er, als wir wieder auf die Pferde stiegen.
„Ich bin so ohnmächtig und satt wie in der Nacht, die wir zu dritt mit Juliette verbracht haben. Du verstehst es wirklich verdammt gut, Stuten zuzureiten."

Ich glaube Jaques und Evelyn haben sofort erkannt, dass wir miteinander geschlafen haben.
Als die Nacht sich noch immer nicht abkühlen wollte, ging ich zu Bett. Evelyn und Grand-père blieben auf der Terrasse am Pool sitzen und ich habe, da ich das Fenster nicht geschlossen hatte, gehört, dass Evelyn ihm von Karls neuer Geliebter erzählt hatte.
„Er wird sich die Hörner abstoßen, dann wird die Sache zu Ende sein", sagte er, „ein Mann weiß letzten Endes wohin er gehört."
„Aber ich gebe zu, dass es mich rasend macht, ich bin eifersüchtig und wütend."
„Auch das belebt die sexuelle Begierde in einer Beziehung."
„Aber ich bin dem nicht gewachsen."
„Aber Sie waren auch bereit, ihn mit meiner Enkelin zu teilen", Grand-pères sanfte Stimme verschmolz mit der Abenddämmerung.

„Ich liebe meinen Mann und ich weiß, dass er sexuelle Freuden nur schwer missen kann. Trotzdem hat er mir diese Schwangerschaft geschenkt. Wenn man sich liebt, ist die Sorge um das Wohl des anderen stärker als die Eigenliebe.“

„Sie sind eine sehr geistreiche Frau“, sagte er.

„Wird er zurückkommen?“, fragte sie.

„Er hat Sie nicht verlassen, genau so wenig, wie er meine Enkelin verlassen hat. Männer brauchen manchmal die Bestätigung durch eine schöne Frau. Wie glücklich ist ein Mann erst, wenn er sie durch drei schöne Frauen bekommt. Gönnen Sie ihm das Vergnügen, es wird nicht lange dauern.“

Ich hörte noch, wie sie sich verabschiedeten, dann schlief ich zufrieden ein, denn Grand-père wusste jetzt Bescheid und ich brauche nichts mehr zu erklären.

Noch ehe die Sonne aufging, war ich wach und es kam die Erinnerung an Mathis Hände und seine Kraft, mit der er mich zu Boden gedrückt hatte, als er mich im Kissen des Lavendelfeldes geliebt hatte. Ich fühlte wieder das Rauschen meines Blutes und strich verlangend über meine Brüste.

Es war genug, ich stand auf und lief den schmalen Weg hinüber zu Mathis Gehöft und klopfte gegen die Tür. Seine Haushälterin blickte irritiert auf den frühen Störenfried, aber es berührte mich nicht. Ich flüchtete in Mathis Zimmer, sein Bett und in seine Arme.

Wir liebten uns jetzt bei jeder Gelegenheit, manchmal blieb ich auch eine ganze Nacht über bei ihm.

Kein Mensch erwähnte meine Affaire mit Mathis, obwohl sie nicht mehr zu übersehen war.

Zeitig am Morgen, wenn es noch kühler war, sattelten wir die Pferde und Mathis brachte Daisy bei, Kommandos zu befolgen, schonte aber weitestgehend ihren Rücken. Wenn wir zurückkamen, übernahm es Albert, sein Stallbursche, die Tiere zu trocknen und in den kühlenden Schatten der Apfelbäume zu bringen.

Manchmal verbrachte ich die Zeit nach dem Morgensport mit Mathis so lange unter der eiskalten Dusche, bis wir uns zitternd, aber voll aufgeladen zwischen seinen Laken wieder fanden.

Nach weiteren zwei Wochen gestattete er mir, Daisy zu reiten.

Die Stute hatte ein gutmütiges Wesen und hatte zweifellos Humor. Ich erschrak zwar jedes Mal wieder, wenn ich den kurzen Schmerz im hinteren Oberarm verspürte, in den mich Daisy gekniffen hatte. Ich habe aber auch nie ein Pferd so grinsen gesehen wie dieses schalkhafte Tier. Außerdem war Daisy gierig. Lag ein Apfel auf dem Weg oder kamen wir zu einem besonders schmackhaften Grasbüschel, blieb sie abrupt stehen und senkte den Kopf, um zu naschen. Derartig überrascht war es aber verdammt schwierig, nicht über den Hals des Pferdes hinweg unsanft am Boden zu landen.

Wenn Mathis nicht Zeit hatte mich zu begleiten, wurde ich der Obhut seines Reitknechtes überantwortet. Dieser hübsche, aber einfache junge Mann war nett, gefällig und sehr besorgt um mich.

„Mathis", sagte ich, „ich bin kein Baby, warum lässt Du mich nur in Begleitung ausreiten?"
„Ich bin Jaques für Dein Wohl verantwortlich, wenn Du mein Tier reitest. Ist Dir Alberts Anwesenheit unangenehm."
„Nein, warum auch?"
„Er ist ein hübscher Bursche und er betet Dich an."
„Das ist mir allerdings entgangen", antwortete ich wahrheitsgemäß.
Am nächsten Morgen hatte Albert bereits das Sattelzeug vorbereitet und half mir, in die Stiefel zu steigen.
Es war bei Tagesanbruch schon wieder sehr heiß, aber ich hatte beschlossen, diesmal Mathis Apfelplantage zu besuchen.
Ich saß auf der Bank hinter dem Haus, aber die Hitze machte es mir schwer, in die Reitstiefel zu kommen. Albert bemühte sich redlich, mir dabei zu helfen, aber plötzlich ärgerte mich die ganze Prozedur und ich bedeutete ihm kurz, er möge es aufgeben, meinen Fuß in das Leder zu drängen.
Wir lachten beide über den Misserfolg und er hockte noch vor mir am Boden, als ich ihn zum ersten Mal bewusst ansah. Seine Augen waren sehr dunkel, die Lippen schmal und das Kinn kantig. Davon ließ ich mich aber bewusst nicht beirren, hielt seinem Blick stand und erwartete, dass er die Lider senkte, doch er wich nicht zurück. Es muss eine eigene Aura um mich gewesen sein, denn er drängte ohne Scheu meine Beine auseinander und begann meinen Schoß zu

streicheln, den ich letzten Endes nicht die Kraft hatte, ihm zu verweigern.

Unser heißblütiges Spiel am Rasen hinter dem Haus dauerte bis zum späten Frühstück an.

Mathis schwieg lächelnd, aber ich hatte das Gefühl, dass er stolz auf mich war. Ich hatte mich über konventionelle Grenzen hinaus ohne zu zögern der Lust seines Stallburschen ausgeliefert.

Zwar brachte die Kraft und Ausdauer beider Männer eine Frau zielsicher dazu, sich wimmernd in Höhepunkten zu krümmen, aber nun hatte mir Mathis gezeigt, dass auch der Wechsel zwischen zwei altersmäßig sehr verschiedenen Partnern ungemein bereichernd sein konnte.

Bei der allgemeinen nachmittäglichen Siesta am Pool gab ich jetzt meist vor zu schlafen, um die anspruchsvollen Wünsche meines von der Sonne aufgeheizten Körpers in vollem Umfang immer wieder durchleben zu können.

Die Szene vor meinem geistigen Auge änderte sich nie.

Das Zimmer war dunkel, ich lag im Bett und spürte plötzlich die tastende Anwesenheit eines Mannes. Mein Bedürfnis, ihn mit den Lippen zu verwöhnen, war eben so groß wie meine Hingabe an die kraftvollen Liebesbezeugungen des anderen Fremden, der sich mir von hinten her genähert hatte.

Von den anderen unbemerkt, unter dem leichten Badetuch aus Baumwolle die Beine fest gegeneinander zu pressen, brachte mir dann kurz darauf die Erleichterung.

Mein Sommer war wie ein Traum und meine Genüsse heiß und feucht.
Wenn die Kinder nicht mit Jaques und Evelyn am Pool spielten, unternahmen wir Ausflüge ans Meer oder nach Cannes und Tropez, wobei Grand-père selbstverständlich sofort den Kinderwagen übernahm.
Mathis, der sich uns manchmal anschloss, bedachte Evelyn mit wohlwollenden Blicken und ging ihr in allem zur Hand.
Auch sie kleidete sich nun vollkommen neu ein und es war augenscheinlich, welch hervorragenden Berater sie in Mathis hatte.
Evelyn trug jetzt vorwiegend Weinrot, denn besser konnte ihre helle zarte Haut, die an geschlagene Sahne erinnerte, wirklich nicht zur Geltung gebracht werden. Auch war sie wieder so schlank wie vor der Schwangerschaft, aber ihre Brüste wölbten sich beträchtlich stärker, sodass ihr Dekolletee zu einer wahren Sensation geworden war, an dem die Blicke der Männer hängen blieben, wie Fliegen im Spinnennetz. Auch Mathis verschlang sie mit den Augen, wenn wir barbusig am Pool lagen. Nach diesen Beobachtungen begannen mich plötzlich seine Leinenhosen mit den Bundfalten zu ärgern, weil ich dann nicht sehen konnte, ob diese Begeisterung auch noch weitere Folgen hatte.

Sollte jedenfalls Karl inzwischen noch immer seine
Mieze beglücken, so hatte er meiner Meinung nach im
Moment einen sehr schlechten Tausch gemacht.
Die grellen Tage der Hitze begannen langsam abzu-
klingen und gelegentlich bedeckten leichte Frühnebel
den Horizont.
An einem dieser angenehm temperierten Nachmittage
kam eine E-Mail von Karl, der unsere dringende Rückkehr verlangte, da Klara ab September eine Assisten-
tenstelle an der Universität antreten würde und er nicht
im Stande wäre, allein das Antiquariat zu führen.
Außerdem stünden im Herbst einige Buchmessen im
Ausland an, welche er aufzusuchen gedenke.

„Es muss sein", sagte Evelyn, „wir könnten nach dem
Wochenende fliegen."
Auch meine Eltern wirkten bereits einigermaßen be-
sorgt, also legten wir den Zeitpunkt fest.
Mein rassiger junger Pferdeflüsterer zog daraufhin die
Zügel noch einmal fester an und ich nahm mit Bedau-
ern zur Kenntnis, dass es so bald keine Rückkehr
mehr in diese Koppel für mich geben würde.
Die letzte Nacht verbrachte ich noch mit Mathis.
„Werdet ihr jetzt wieder bereit sein für Karl?", fragte er.
„So wird es wohl sein", antwortete ich.
„Und er wird Dich wieder glücklich machen?"
„Er weiß, wie sehr ich ihn haben will", antwortete ich
ehrlich, „aber ich hatte auch wunderbare Wochen mit
Dir und Albert."

Anklagend kam mir zu Bewusstsein, dass ich keine Sekunde an die Unterhaltung Evelyns gedacht hatte. Ihr war leider, obwohl sie so schön war, einfach die Betreuung der Kinder aufgeladen worden und sonst blieb sie auf der Strecke mit Karl, der in Wien zu eben dieser Zeit eine andere Frau genoss.

„Auch die bezaubernde Evelyn hat glückliche Stunden verbracht", sagte er meine Gedanken erratend.

„Mit zwei kleinen Buben am Pool, nicht eben aufregend."

Er grinste.

„Das waren die Tage, mein Dummköpfchen, ihre Nächte verbrachte sie mit Jaques."

Ich konnte es nicht fassen, Grand-père sollte Evelyn angefasst, sie geküsst und mit ihren prächtigen Brüsten gespielt haben, um dann genüsslich auch ihr Innerstes zu erforschen. Jede Nacht?

Mathis sah meine Verwirrung.

„Weißt Du, Mouche", sagte er, „wäre ich schneller als Jaques gewesen, hätte Evelyn Tag und Nacht die Freuden der Extase genossen. Ich war scharf wie nie auf ein Weib zuvor."

„Aber ich", fragte ich, „ich habe doch Deine Lust gespürt?"

„Mouche", sagte er zärtlich, „Du bist ein süßes kleines Mädchen, das jeder Mann in sein Bett holen wird."

Mit einem Schlag war ich vollkommen ernüchtert. Mathis hatte in einem einzigen Satz das Mysterium meiner lebenslänglichen Demütigungen und sonstigen schmerzlichen Erfahrungen mit Männern geklärt.

Ich war ein süßes kleines Mädchen, gehätschelt, ins Bett geholt, aber ohne eigenen Wert und ohne bleibenden Eindruck. Ich war und würde nie ein „Weib" werden, das von einem Mann begehrt und ernst genommen wurde, sondern gerade nur gut genug sein, unter anderen süßen kleinen Mädchen, einem Mann unterhaltsame Stunden zu bescheren.

War ich durch die Erklärung eines erfahrenen Mannes jetzt wenigstens einer vernünftigen Reaktion fähig?

Ich nahm mein gebrochenes Herz fest unter Verschluss. Wie hatte Erich Kästner weise gesagt: „Nie solltet ihr so tief sinken, von dem Kakao, durch den man euch zieht, auch noch zu trinken."

Ich hasste Kakao, wie jedes süße Getränk und wusste, dass ich mich jetzt den Dingen stellen würde. Kränkungen wollte ich mit der Härte, die sie verdienten, begegnen.

„Ganz richtig", lächelte ich, „Tändeleien finde ich wesentlich amüsanter, denn sie verpflichten zu nichts. Natürlich nicht bei einem Mann wie Karl, ich bin stolz und glücklich, einen Sohn von ihm zu haben."

Entschlossen hatte ich mich aufgesetzt. Er sah mich zweifelnd an.

„Was machst Du?", fragte er.

„Was schon, es ist Zeit zu gehen."

„Findest Du?"

Mit festem Griff hielt er mich zurück, war über und in mir und unterwarf mich der kraftvollen Wucht seiner Knute, bis ich stöhnend einem Höhepunkt entgegenfieberte und Mathis später aus der sinnlichen Feuch-

tigkeit meines Mundes die wunderbare Kraft schöpfen
ließ, mich bis zur letzten Sekunde ergeben seine For-
derungen erfüllen zu lassen.
Wien hatte sich für unsere Ankunft mit strahlendem
Sonnenschein und buntem Laub herausgeputzt. Die
Gastgärten waren von fröhlichen Menschen bevölkert
und Karl jun., noch aufgekratzt von der Flugreise, begann lauthals, nach einer Eistüte zu verlangen.
Klara hatte im Haus alles vorbereitet und übernahm
freudig die Kinder.
Bei Kaffee und Kuchen ließ sich Karl kurz von unserem Urlaub erzählen, hatte aber eine Stunde später
einen Termin bei seinem Steuerberater. Evelyn musste
noch die Sachen der Kinder auspacken, während Klara die Kleinen ins Bett brachte.
Karl und ich blieben im Wohnzimmer zurück.
„Zwei Monate waren lang", sagte er, „ich hätte das
nicht erlauben dürfen."
„Haben Sie mich vermisst?"
Statt zu antworten zog er mich herrisch über seinen
Schoß. Dann war es Zeit, um zum Steuerberater zu
gehen.
Zum Frühstück erschienen Evelyn und Karl nicht, erst
gegen Mittag kam Karl gut gelaunt herunter ins Antiquariat. Am Nachmittag wagte ich meinen Augen nicht
zu trauen. Die Verlegerin aus Linz erschien im Laden
und Karl zog sich mit ihr zu einer geschäftlichen Besprechung ins Arbeitszimmer zurück. Vermutlich stand
sie vor der Abreise.

Nun hatte Karl die Schönheit Evelyns neu entdeckt, und begann eine Hilfskraft zu suchen, die bei der Kinderbetreuung helfen solle.

Im Mai des nächsten Jahres kam eine Hochzeitseinladung der Verlegerin aus Linz in Haus geflattert. Die junge Frau würde den Seniorpartner einer bekannten Rechtsanwaltskanzlei heiraten und Karl war als dessen Schulfreund und Studienkollege zur Trauung geladen, samt Gattin.

Vermutlich hatte der Anwalt letzten Endes das Rennen für sich entschieden, da er, obwohl klein, untersetzt mit schütterem Haar, einer schönen Frau Status und Vermögen ins Ehebett legte.

Evelyn bestand darauf, dass auch ich, als Familienmitglied, eine Einladung bekam.

Nun war es Karl, der sein ganzes Bestreben darein legte, Evelyn und mich auszustatten.

Eine junge Frau für die Kinder war inzwischen gefunden worden. Ihre Qualifikation wollte ich nicht bezweifeln, denn sie hatte bereits zwei Jahre mit Erfolg als Hilfsschwester in der Säuglingsabteilung der Kinderklinik gearbeitet, bevor sie die Pflege ihres Großvaters übernommen hatte, bis er in Heimpflege überstellt werden musste. Eigentlich strebte sie danach wieder eine passende Arbeit mit Kindern an, aber vielleicht konnten wir sie behalten, wenn ihr die Arbeit bei uns gefiel.

Störend war nur ihr Äußeres. Wenn sie auch einer Generation angehörte, die sich in abgerissenen Jeans und verwaschenem T-Shirt am wohlsten fühlte, so war

sie trotz ihrer Jugend kein ansehnlicher Anblick. Ihren langen zotigen Pferdeschwanz hatte sie mit einem Gummiband festgezurrt und der ausladende Reiterspeck an ihren Hüften vermittelte überaus ungünstige Proportionen in diesen hautengen Hosen. Es war kurz gesagt keine Empfehlung, sich mit ihr sehen zu lassen, aber die Kinder liebten sie sofort und sie nahm sich ihrer an, besser hätten wir es gar nicht treffen können.
Da man überall gewisse Abstriche machen musste, hofften wir, sie mit der Zeit wenigstens ein bisschen beeinflussen zu können.

Die Hochzeit von Karls Studienfreund war Denver Clan pur. Weit über dreihundert Gäste in Cut, Stresemann und teuren Designerkleidern bevölkerten die schöne alte Kirche und tausende Rosen wetteiferten mit ebenso vielen Kerzen, die die einzige Beleuchtung des hohen gotischen Raumes darstellten, sodass die aufstrebenden Säulen im Kirchenschiff nach oben hin in mystischem Dunkel verschwanden.
Die märchenhaft schöne Braut erschien eingehüllt in einen weißen Spitzentraum von Versace, der prachtvoll in eine zehn Meter lange Schleppe auslief, würdevoll getragen von zwölf kleinen Mädchen in rosa Seidenkleidern.
Der hauchzarte Schleier, der ihr klassisch geschnittenes Gesicht bedeckte, wurde von einem Diadem aus Brillanten gehalten.

Als sie nach dem Ringwechsel diesen Schleier hob und ihren Mund liebevoll dem Ehemann zum Kuss bot, glänzten Tränen in ihren Augen.

Für die Hochzeitstafel war der prunkvolle Rahmen eines Schlosses aus dem Besitz ungarischer Fürsten gewählt worden, in dessen terrassenförmigen Gärten sich die Gäste nach Lust und Laune vergnügen konnten.

Livrierte Diener mit gepuderten Perücken standen dabei mit Kerzenkandelabern zur Verfügung.

Wagner, Beethoven und moderne Tanzmusik, ganz nach Geschmack, begleiteten die Gäste durch Räume und Park, aber je später der Abend, um so mehr verlor sich das nun schon ausgelassene Treiben in die Räumlichkeiten des Schlosses.

Ich hatte bereits zu viel getrunken und suchte ein wenig Ruhe auf einer kleinen Bank am Rande eines Irrgartens. Von hier aus konnte ich auch im Dunkeln wieder leichter zurückfinden.

Ich saß mit geschlossenen Augen gegen eine Eibe gelehnt, als ich Schritte hörte. Uninteressiert daran, mich jetzt zu unterhalten, saß ich unbeweglich. Gesehen habe ich nichts, aber sofort die flüsternde Stimme Karls erkannt.

„Mach schon die Beine breit."

Laszives Gekicher.

„Stoß endlich zu, bevor ich komme."

Aus dieser Situation konnte ich wenigstens unbemerkt verschwinden, aber es verschwanden vermutlich auch

andere Personen ziemlich unbemerkt. Zum Beispiel die Braut. Ich war nämlich ziemlich sicher, dass Karl in ihrer Begleitung gewesen war.
Rasch kehrte ich ins Schloss zurück und machte mich auf die Suche nach Evelyn.
In einem kleinen galanten Salon mit rosa Stühlen und Sofas hatte sich eine ziemlich erlesene Gesellschaft um den Bräutigam gelagert und Evelyn war dabei. Auch hier gab es Diener in Livre, die bei Kerzenlicht hantierten, allerdings waren sie in erster Linie damit beschäftigt den Gästen Champagner zu servieren. Ich nahm eines der Gläser und wurde sofort genötigt ein weiteres zu trinken. Wenn ich mich recht erinnere ging es auch so weiter. Auch Evelyn trank zu viel und die Augen des froschäugigen Bräutigams schienen sich jetzt nur noch auf ihren Busen zu konzentrieren. Eine Minute später war seine Hand durch den Armausschnitt zu ihrem üppigen Busen verschwunden und ich glaube nicht, dass sich der kleine Kreis in beliebigen Grüppchen bereits völlig in die Hinterzimmer dieses Salons zurückgezogen hatte, als mich dieser Werwolf auch schon grob an seine andere Seite zog und die Drucker meines Kleides aufriss, um hier ebenfalls ungehindert an meine Brüste zu kommen.
„Meine entzückenden Stuten", sagte er blöde grinsend, „ich kann einfach keine Entscheidung treffen, wenn ich nicht links und rechts einen steifen Nippel massakrieren kann. Hart zupacken, das lieben doch die Weiber."
Mit meinem Nippel hatte er jedenfalls Erfolg.

„Weißt Du, worüber ich jetzt nachdenken muss?", fragte er Evelyn.
Sie schüttelte den Kopf.
„Ob ich Euch beide zusammen schaffe."
Er schlug sich brüllend auf die Schenkel.
„Meine bildschöne Braut legt sich einfach hin und lässt sich bedienen. Aber ich, wo soll ich anfangen."
Da er mein Kleid bereits geöffnet hatte, riss er mich auf das Sofa, drückte mich unter sich und schob meine Hand unter seine mächtig aufgeblähte Seiden-Short.
„Nimm ihn Dir selbst", röhrte er, „jetzt will ich die Titten Deiner Freundin." Ich gehorchte wie unter Hypnose und sein Organ war das riesigste, das ich je erlebt habe. Dann tat der Alkohol seine Wirkung und mein Erinnerungsvermögen war ausgelöscht.
Am Morgen erwachte ich in dem hübschen kleinen rosa Salon und neben mir lag meine Kleidung in gebügeltem Zustand.
Vielleicht erwachte Karl ja im Bett der schönen jungen Ehefrau und womöglich bekam sie in neun Monaten bereits ihren ersten Sohn?
Oder vielleicht sogar schon etwas früher?

Über die mondäne Hochzeit in der Upper Class wurde eine Woche lang in allen Zeitungen und Medien berichtet.
Ich hätte nur zu gerne gewusst, wie Evelyn diese unglaubliche Nacht verbracht hatte.

Das neue Mädchen hatte sich zufriedenstellend einge-
fügt in Evelyns Haushalt. Die Kinder beschäftigten sie
ständig und sie hatte viel Geduld mit ihnen. Auch mein
kleiner Jaques begann jetzt dominant zu werden und
hatte inzwischen sehr viel Ähnlichkeit mit Klara und
andererseits auch mit Grand-père. Klara vergötterte
ihn und bemühte sich in ihrer Freizeit sehr darum, ihm
Dinge zu lernen, die ein weniger begabtes Kind in seinem Alter niemals begriffen hätte.
Voll Dankbarkeit und Liebe wachte ich noch immer
über Klara und begann mir wieder Sorgen zu machen.
Sie war eine tüchtige Assistentin und die Stütze ihres
Instituts, aber sie war wieder so unglaublich dünn geworden. Aß sie genug? Ihre gesamte Freizeit verbrachte sie mit Arbeit und der Beschäftigung mit meinem Sohn, das musste viel zu anstrengend für sie
sein.
Ich drängte sie daher unnachgiebig, ihren gesamten
Jahresurlaub zu beantragen und bat Grand-père, uns
auf sein Gut einzuladen.

Also reisten dann Klara, Jaques-Charles und ich nach
Frankreich.
Auch das Schicksal spielte mir dabei in die Hände, wir
bekamen Gesellschaft. Jetzt bestand ich darauf, dass
Klara am täglichen Tennisspiel teilnahm, reiten lernte,
sowie die Fahrten auf Jaques Yacht mitmachte und
genoss. Jules, Mathis überaus sportlicher Neffe und
Chemieprofessor an der Charité, schrieb in seinem
Urlaub an einem wissenschaftlichen Buch über die Er-

forschung einer beinahe noch unbekannten bakteriellen Krankheit aus den Tropen. Unterstützt wurde er dabei von einem seiner Assistenten, den ich ebenfalls sofort als sportlichen Coach für Klara heranzog.
Sie lernte mit ihm tatsächlich, ganz passables Tennis zu spielen und hatte dazu auch einen einfühlsamen Partner für unsere Tanzvergnügungen gewonnen.
Zufrieden beobachtete ich meinen Erfolg und es machte mich heiter, mit Grand-père und Jaques-Charles am Pool zu sitzen und den Kleinen jubeln zu hören, wenn er nach dem Poolvergnügen mit Jaques in die Arme von Klara drängte.

Mein Ehrgeiz, sportlich zu sein, war nie von besonderer Bedeutung gewesen, also beschränkte ich mich auf morgendliche Ausritte durch die friedliche Landschaft.
Meist wurde ich von Jules dabei begleitet, der sich den Tag über dann zu seiner Arbeit zurückzog. Gelegentlich nahm auch Mathis an diesem friedvollen Vergnügen teil und nicht selten machten wir Rast unter einem schattigen Baum und genossen die Aussicht. Manchmal, wenn Mathis Hände und meine sich berührten, durchzog ein sanfter dumpfer Ton satter Zufriedenheit meinen Körper. Sein Anteil an meinem Leben war jetzt wie ein fernes köstliches Gut.
Jules und ich genossen die wenigen Stunden am Morgen die frische Luft und unsere Gespräche, die geruhsam, behutsam und lehrreich für mich waren. Allmählich begann ich mich für seine Arbeit zu interessieren,

sein Wesen zu erforschen und seine Einstellung zu den Dingen des Lebens.

Einfühlsam gelang es ihm auch, meinen Panzer aus Unsicherheit, Stolz und Komplexen zu durchbrechen. Ich sehnte jedes Zusammensein mit ihm herbei, wo ich meine Probleme nach und nach ohne Scham verarbeiten konnte, da er nur behutsames Verständnis anstatt moralischer Wertung kannte.

Nach Sonnenuntergang, wenn wir alle auf Ziermatratzen zwischen den Feuerkörben auf der Terrasse bei einem Glas Wein den Tag ausklingen ließen, stahlen sich manchmal unsere Hände leicht aneinander und ich glaubte dann, vor Glück bewegungslos zu sein.

Da mein kleiner Jaques die Fahrt hoch am Außensteuer der Yacht sehr liebte, unternahmen Klara und ich Einkaufsbummel in Saint-Tropez und Cannes, wo wir unter den fachkundigen Augen Grand-pères die besten Boutiquen abklapperten, um Klaras Outfit der neuen Situation anzupassen. Sie sah wundervoll aus und ich war glücklich. Erstmalig kam ihre großartige Figur voll zur Geltung, ihre Haare wurden stumpf geschnitten, sodass sie sehr jung und sehr süß aussah und ihre Röcke wurden kürzer. Voll Stolz betrachtete ich ihre zierlichen wohlgeformten Fesseln.

Ich drängte darauf, nur die besten Clubs aufzusuchen und wachte eifersüchtig darüber, Klara überall im Mittelpunkt stehen zu lassen.

Wie gerne hätte ich Jules dabei gesehen, aber er war nicht für diese Art von Vergnügungen zu haben. So musste ich mich damit begnügen, auf die wundervollen Morgenstunden zu warten und von ihm zu träumen. Ich begann jetzt auch mein Leben in Wien zu vergessen und mein Verlangen nach Karl. Alles schien weit weg zu gleiten und nur noch ganz selten erwachte ich in den Nächten, weil ich Karl übermächtig und stark zu fühlen glaubte, obwohl die Vorstellung, dass er dabei war, sich im Schoß einer anderen Frau zu amüsieren, mich immer wieder dazu brachte, pulsierend zu explodieren. Dies war seine größte Macht über mich, aber ich war dabei, mich zu befreien.

Auch Klara hatte inzwischen soviel Reiterfahrung gesammelt, dass Jules feststellte, sie wäre jetzt in der Lage, unsere morgendlichen Ausflüge mitzumachen.
Wenn Mathis und ich zwischenzeitlich in Laune kamen das Tempo zu steigern, um im Wettlauf an ein Ziel zu gelangen, nahm Jules Rücksicht auf Klara und begleitete sie ritterlich. Sie bettelte nun öfter auch darum, er möge uns nach Cannes begleiten und dann gab er gewöhnlich nach. Diese Tage genoss ich ungemein.
Die Zeit verging und wir hatten noch sechs Tage, die wir hier verbringen konnten.
Nach einer Heimfahrt von Cannes stand ich an der Reling und blickte zurück auf die zauberhafte Lichter im Hafen als Jules hinter mich trat.
„Fällt es Dir schwer abzureisen?", fragte er.
Ich hatte einen Knoten im Hals, also nickte ich nur.

Da fühlte ich leicht seine Hände über meine Brüste streichen und überließ sie dem Spiel seiner liebevollen Finger.

Als sich Schritte näherten, blickten wir auf, es war Klara. Wortlos gingen wir zurück auf die Brücke und blickten gemeinsam in den Abendhimmel, bis wir am Steg angekommen waren.

In dieser Nacht ging ich früh zu Bett, denn ich wollte mit meinem Erlebnis allein sein, um es noch in meinen Gedanken auszuweiten und zu genießen.

Ich wusste jetzt, dass ich Jules liebte. Ich würde alles aufgeben, wollte nach seinen Regeln leben und an nichts anderes mehr denken.

Knapp vor Sonnenaufgang war er da. Jules kam in mein Bett, küsste mich, erforschte mit sensibler Zunge meine intimste und sensibelste Stelle und ich schrie auf vor Lust, als er in mir kam. Ich bot alles und er nahm alles.

Ich liebte ihn, ich liebte ihn, ich liebte ihn. Es gab kein zurück.

Nach dem Frühstück und als Jaques-Charles mit Grand-père am Pool spielte, kam Klara in mein Zimmer.

Ich erschrak fürchterlich, denn sie hatte geweint. Ihre schönen Augen wirkten grau und das Näschen war rotgeheult.

„Was ist geschehen?", fragte ich wütend.

Sie sah mich jämmerlich an.

„Hilf mir", sagte sie nur.
„Klara", fragte ich erbost, „was ist geschehen?"
„Ich liebe ihn", heulte sie.
„Wen liebst Du?"
„Jules, ich liebe Jules."
Ich fühlte mich wie von einem Pferdehuf getroffen.
„Du liebst Jules?", fragte ich fassungslos.
„Ja, er ist der Mann, den ich heiraten will. Warum hast
Du mit ihm geschlafen, Du liebst ihn doch nicht?"

Die Gedanken hämmerten auf mich ein. Wie war so
etwas möglich? Jules war der Mann, den auch ich liebte, mit dem ich zusammen sein wollte, ein neues Leben beginnen. Dessen Hände ich halten wollte und
neben dem ich ruhig einschlafen wollte. Aber jetzt kamen die Zweifel. Klara liebte ihn. Würde ich gut für ihn
sein? Ich war erfahren, würde ihn vermutlich aber von
seiner Arbeit ablenken und seinen Forschungen im
Wege stehen.
„Nein", dachte ich, „das ist falsch."
Er brauchte eine Frau, die ihn verstand, eine Intellektuelle wie Klara, die ihm Ruhe schenkte und Kinder.
Ich sah jetzt alles klar und deutlich. Jules musste seinen Weg gehen und Klara durfte durch nichts und
niemanden leiden, ich duldete es einfach nicht. Meine
Entscheidung stand augenblicklich fest.
Ich zog Klaras verweintes Gesichtchen an mich und
strich ihr die Haare aus dem Gesicht. Es war unerträg-
lich mein kleines Vögelchen so zu sehen. Ich wollte
Klaras Glück weit mehr noch als mein eigenes.

„Klara", sagte ich, „Du hast vollkommen recht, ich liebe ihn nicht. Wenn Du mir verzeihen kannst, werde ich alles tun, um Euch beide glücklich zu machen."
Dann putzte ich ihre Nase, trocknete ihre Augen und drückte sie an mich.
„Ich liebe Dich", sagte Klara und schnupfte in mein T-Shirt.
Den Ausritt des nächsten Morgens sagte ich mit der Ausrede eines leichten Übelseins ab, bestand aber darauf, dass Jules und Klara zusammen den täglichen Frühsport unternahmen.
Inzwischen bat ich Grand-père um eine Unterredung.
„Willst Du über Jules sprechen?", fragte er.
„Über Jules und Klara", sagte ich fest.
„Auch sie ist in ihn verliebt?" Eine Feststellung, die wie eine Frage klang.
„Nein", sagte ich, „sie liebt ihn und ich denke, dass auch er sie liebt."
„Und Du?", sagte er, „wie willst Du mit Deiner Liebe umgehen?"
„Ich spiele in dieser Beziehung keine Rolle, aber ich brauche Deine Hilfe."
„Weißt Du, was Du da tust?"
„Grand-père", sagte ich beschwörend, „wenn Du mich liebst, hilf mir, dass Klara den Mann bekommt, den sie liebt und den sie verdient. Ich habe ihr versichert, dass ich nie ein tieferes Gefühl für ihn hatte."
„Sie weiß aber, dass ihr miteinander geschlafen habt, sie kam mir kreidebleich über den Flur entgegen."

„Sie brauchte nur zu wissen, dass er mir nichts bedeutet, also hat sie mir verziehen. Liebende Frauen sehen in derartigen Fällen ihre Männer immer nur in der Opferrolle."

Jaques Haltung war wie immer die eines Grandseigneurs. Er umarmte mich und sagte ruhig: „Du bist das beste, das ich je den Vorzug hatte zu besitzen."

Dann erklärte er mir die einzuschlagende Vorgangsweise: „Du wirst, nachdem Du Jules erklärt hast, dass Deine Gefühle für ihn nicht stark genug sind, mit Jaques-Charles nach Wien fliegen und ich werde dafür sorgen, dass Klara ihren Urlaub verlängert. Außerdem werde ich mit Jules von Mann zu Mann reden, soviel ich weiß, ist er nicht gebunden und da er Klara in allen Dingen nachgegeben hat und sie eine schöne Frau ist, bin ich davon überzeugt, dass sie ihn nicht gleichgültig gelassen hat. Ein Mann in den Vierzigern sollte schließlich daran denken, eine Familie zu gründen und Klara ist jedenfalls auch in seiner gehobenen Position erste Wahl. Er wird aller Voraussicht nach also das Nützliche mit dem Angenehmen verbinden und Klara wird ihn auf jedem Gebiet bestens verwöhnen. Bist Du wirklich entschlossen?"

„Nicht mehr und nicht weniger", antwortete ich fest.

Drei Tage später erwartete mich Evelyn am Flugplatz und ich fuhr wieder meinem gewohnten Leben entgegen. Diesmal hatte ich zwar mehr als bisher verloren, aber nichts auf der Welt hätte mich umstimmen können. Ich hatte mich für den Menschen, der von der ersten Sekunde an mein Herz gerührt hatte, geopfert und war damit das erste Mal in meinem Leben zugleich in der Position des Gewinners.

Evelyn hatte nun anregende Stunden, immer wieder wollte sie von Jules hören und ich beobachtete, wenn sie mit Klara telefonierte, jede Klangfarbe ihrer Stimme.

Von Grand-père hatte ich erfahren, dass Jules und Klara nun jeden Tag zu zweit ihre Ausritte pflegten und auch die Abende zusammen verbrachten. Als der Urlaub Klaras zu Ende war, hatte Jules bereits mit ihr geschlafen und strebte offensichtlich eine ernstliche Beziehung an. Jaques hatte ganze Arbeit geleistet und ich war mit wundem Herzen glücklich.

In den folgenden Monaten flog Klara des Öfteren zu verlängerten Wochenenden nach Berlin und Evelyn brannte darauf, Jules endlich kennenzulernen. Dazu hatte sie schneller Gelegenheit als erwartet, denn nach drei Monaten war Klara schwanger und Jules kam nach Wien, um sich ihren Eltern vorzustellen.

Ich wäre dabei liebend gerne in meine eigene kleine Wohnung gezogen, konnte aber nicht durch Flucht alles zerstören, wofür Klara lebte und ich alles geopfert hatte.

Zudem war ich körperlich angeschlagen. Schuld daran war vermutlich ein Steak, das ich wie immer nicht richtig durchgebraten hatte, wodurch ich für einige Tage zur alleinigen Ernährung durch Suppe verurteilt gewesen war.

Als Jules mir nun entgegenkam, brach ich unter dem Sturzbach der Gefühle beinahe zusammen.

Liebe, Angst, Zorn und Eifersucht sowie die schreckliche Folter sexueller Begierde peinigten mich in seiner Gegenwart und schamhaft versuchte ich die peinlichen Flecken auf dem hellgrauen Polsterstuhl, auf dem ich ihm gegenüber saß, zu verbergen. Dabei wäre es so dringend notwendig gewesen, auch einen Schal oder ähnliches dabei zu haben, mit dem ich meine erigierten Brüste hätte bedecken können.

So aber war ich dazu verurteilt, sitzen zu bleiben und die Arme vor der Brust zu kreuzen. Als der fröhliche Abend vorübergegangen war, fühlte ich mich zwar zerschlagen, aber erlöst.

Karl waren meine Reaktionen nicht entgangen.

„Ihre Bereitschaft war geradezu greifbar“, lächelte er, „was für ein wunderbares Entree für eine Liebesnacht.“ Besitzergreifend kam er über mich und trieb mich durch die Nacht, bis mein Stöhnen abgehackt und tonlos geworden war.

Als Klara und Jules zu heiraten beschlossen hatten, kam Jules ein weiteres Mal nach Wien, um die Vorbereitungen zu treffen und den Termin festzusetzen. Es sollte eine kleine standesamtliche Trauung werden, da Klara unter Schwangerschaftsbeschwerden litt und sich möglichst schonen musste. Als Datum war der zweite Sonntag im Mai, der Muttertag, festgesetzt worden und Evelyn fieberte diesem Tag wie keinem anderen zuvor entgegen.

Klara hatte trotz Schwangerschaft abgenommen und sah ätherisch schön aus in ihrem weißen Mantelkleid und dem riesigen gleichfarbigem Hut. Jules nahm stolz die bewundernden Blicke der Anwesenden zur Kenntnis, wobei Karl und ich als Trauzeugen für den reibungslosen Ablauf der Zeremonie sorgten. Evelyn hatte notgedrungen klein Karl und Jaques-Charles neben sich in Obhut genommen, da wir es nicht geschafft hatten unser Kindermädchen in eine repräsentative Optik zu bringen.

Auf Klaras Wunsch hin hatten wir das Restaurant eines Hotels an der Ringstraße für die Hochzeitstafel gewählt und ich bekam von Klara, die meine Vorliebe für Hummer kannte, ständig die besten Stücke zugeschoben. Immer wieder kam das Gespräch auf den glücklichen Urlaub in Frankreich zurück und die wundervolle Zeit, als Klara und Jules die große Liebe gefunden hatten.
Ich hatte zur Neutralisierung meiner Gefühle bereits genug Champagner getrunken und versuchte nun mit dem exzellenten Meeresfrüchte-Cocktail eine bessere Grundlage für den Alkoholkonsum zu schaffen. Damit endete dieser Tag wiederum ziemlich trostlos und eiweißhaltig für mich.

Am Wochenende flog Jules nach Berlin und Klara begleitete ihn, um noch eine weitere Woche mit ihm zusammen zu sein.

Jetzt hatte ich endlich die Möglichkeit, wieder aus dieser Tretmaschine der Gefühle zu kommen und frei zu atmen.

Ich las ungestört in meinen Büchern, durchstöberte meine Garderobe und flanierte durch die Innenstadt, um sämtliche Boutiquen zu durchforsten. Zunehmend begann ich mich auch wieder für die neuen Galerien zu interessieren und besuchte meine Eltern.

Als ich in meiner eigenen kleinen Wohnung saß und meinen Kasten durchforstete, wurde mir übel. Ich lief ins Badezimmer und musste mich übergeben. Was hatten wir gegessen? Ich musste Evelyn fragen, sie kannte sich außerdem in medizinischen Dingen bemerkenswert gut aus.

„Wann hattest Du Deine letzte Regel", fragte sie mich.
„Ganz normal", sagte ich, „warum?"
„Es könnte nämlich sein, dass die Pille unwirksam war, als Dir vor Wochen so schrecklich übel gewesen ist. Es war zwei Tage bevor uns Jules das erste Mal besuchte, wenn ich nicht irre."
„Unmöglich", sagte ich, unterzog mich aber trotzdem stillschweigend dem Test.
Und dann war es nicht mehr anzuzweifeln, Karl hatte mich ein weiteres Mal geschwängert an dem Tag, als ich ohnehin bereits Höllenqualen durch die Anwesenheit Jules gelitten hatte. Was für ein Kind der Liebe.
Noch wollte ich nicht darüber reden, nicht über das positive Ergebnis und auch nicht die bereits abgelaufene Frist.

Am darauffolgenden Samstag, an dem ich mit Evelyn und Klara, die bereits aus Berlin zurückgekommen war, eine Theatervorstellung besuchen wollte, war ich nicht mehr in Laune, mitzugehen. Ich schützte nach dem Restaurantbesuch Übelkeit vor und bummelte langsam wieder zurück. Im Zimmer neben den Kindern lief der Fernsehapparat und ich wollte noch nach ihnen sehen und mich ein wenig mit dem Mädchen unterhalten.

Alles hätte ich für möglich gehalten, aber nicht, was ich nun zu sehen bekam.

Karl und das Mädchen wälzten sich nackt auf der breiten Couch vor dem Fernseher, wobei sich die junge Frau mit wilder Entschlossenheit an ihn klammerte und ihn stoßweise durch keuchende Laute antrieb.

Ich stand wie erstarrt.

Die losen Haare des Mädchens fielen gleich darauf bis über ihren Busen, als sich Karl unter sie drängte, und sie ihn wie Lady Godiva bestieg. Ihre ausladenden Oberschenkel umklammerten seine Hüften und ihre festen jungen Brüste bewegten sich aufreizend über seinen begehrlichen Lippen.

Dann entlud sich dieser Höllenritt zu einem gewaltigen gemeinsamen Orgasmus.

„Warum sie?", fragte ich, „sie ist doch absolut reizlos."
Seine Finger spielten mit ihren Brüsten.
„Sie ist jung", antwortete er und küsste ihre harten Nippel „ein Geschenk für jeden richtigen Mann."

Lächelnd zog sie seine Hand zwischen ihre gespreizten Beine.

„Wollen Sie sie wirklich behalten", fragte ich ihn am nächsten Tag.
„Ich sehe keinen Grund es nicht zu tun."
Am täglichen Geschehen änderte sich dann zwar nichts, aber es war für mich offenkundig, dass Karl bei jeder Gelegenheit die Freuden ihres willigen Körpers suchte.
Jetzt wurde es auch für mich höchste Zeit, mit ihm über die neuerliche Schwangerschaft zu reden.

„Sie machen mich froh", sagte er. „wie viele Kinder wollen Sie mir noch schenken?"
„Warum sollte ich das wollen?", fragte ich erbittert.
„Weil ich Sie begehre und Sie mich. Seien Sie die wunderbare Scheide, in die mein Schwert immer wieder zurückkehrt und Sie befruchtet."
„Ich glaube, Sie sind damit bereits bestens versorgt."
Seine Hände umfassten herrisch meine Brüste und meinen Bauch.
„Haben Sie vergessen, dass ich Ihnen am Tag Ihres Wiedersehens mit Jules gegeben habe, wovon er keinen Gebrauch machte? Diese satte Frucht verdanken Sie mir."
„Ich werde Sie hassen."
Er zog mich an sich.
„Schenken Sie mir dieses Kind", lächelte er, „und öffnen Sie sich mir wie immer."

„Wie war Ihre Nacht?", fragte er, als er mich am Morgen verließ.
Ich zog mein Negligee über die Schultern.
„Habe ich mich beklagt?"
„Nein", bemerkte er maliziös und schob die Hand zwischen meine Beine, „es war die Nachtigall und nicht die Lerche."

„Hast Du Karl schon gesagt, dass Du wieder schwanger bist", fragte Evelyn.
„Ja", sagte ich, „er scheint es zu genießen, stört es Dich?"
„Natürlich nicht", lächelte sie, „im Gegensatz zu Dir liebe ich ihn."
„Wieso sagst Du das?"
„Weil es so ist. Du bist fasziniert von seiner Triebhaftigkeit, sie beherrscht Dich völlig. Das ist Deine Art von Liebe, aber ich bin glücklich, wenn er glücklich ist, alles andere ist nebensächlich."
Niemand außer Grand-père kannte die Wahrheit um die Liebe derer ich fähig war, aber ich schwieg. Irgendwann hatte ich gelernt, meine ständige Unterlegenheit zu akzeptieren.

Als feststand, dass auch mein zweites Kind ein Knabe sein sollte, rief ich Grand-père an und teilte ihm das bevorstehende freudige Ereignis mit.
Nachdem er begriffen hatte, dass er einen zweiten Urenkel bekommen würde, lachte er und sagte glücklich:

„Meine süße kleine Mouche, ich glaube beinahe, Du wirst diesem Mann noch viele Söhne bescheren, bevor seine Kraft erlischt."

„Jaques", sagte ich strafend, „Du weißt nicht, was Du da sagst, er beglückt dazwischen auch noch ungezählte andere weibliche Wesen."

„Ist doch egal", lachte er, „bring mir ein Rudel kleiner Urenkel, dann hast Du keine Zeit, die Freiheiten, die er sich nimmt, zu beklagen. Du wirst ihn nicht ändern, aber immer wieder sofort für ihn bereit sein, weil es Dich nämlich sogar schon erregt, ihn im Bett mit einer anderen zu wissen."

„Du bist zwar ein Weltmann, aber ein unmoralischer Mensch", hielt ich ihm entgegen, „ich weiß nämlich auch, dass Du mit Evelyn einen Sommer lang geschlafen hast."

„Ich würde es jederzeit mit Vergnügen wieder tun, sie ist der Inbegriff der Weiblichkeit, ein göttliches Gefäß."

„Jaques", sagte ich belehrend, „Evelyn ist eine entzückende Frau, aber schrecklich bürgerlich und puritanisch. Sie liebt Karl abgöttisch und genießt verblendet jede seiner Freuden als die ihrige. Dass Du sie gehabt hast, liegt in Deiner gewaltigen männlichen Aura. Du bist stärker als er."

Dazu äußerste er sich nicht.

„Wie geht es Klara und dem Baby?", fragte er, „ich habe sie für Weihnachten eingeladen."

„Jaques", sagte ich amüsiert, „weißt Du, dass bei den Straußenvögeln die Männchen brüten und sich zu den eigenen noch diebisch die Eier aus fremden Nestern klauen?"
„Sollte ich das wissen?"
„Nun ja, offensichtlich versuchst Du gerade, auch Mathis Großneffen unter Deine Fittiche zu bringen."
„Seine Schuld", bemerkte er überheblich, „meines Wissens hatte er einen Sommer lang mehr als ausreichend Gelegenheit, sein Küken in Dein Nest zu legen."
„Und wie hättest Du damals drauf reagiert?", fragte ich neugierig,
„Wie ein richtiger Strauß eben, ich hätte es ihm gestohlen."

Drei Wochen vor dem errechneten Termin kam Severin zur Welt und wieder war ich vor Entzücken starr. Als Klara und Jules den nächsten Flug geordert hatten und an meinem Bett erschienen, war ich froh und zufrieden, mein Verhältnis zu Jules hatte sich relativiert. Aber als Klara den Raum verließ, um eine Vase zu besorgen, legte er seine Arme um mich und wir küssten uns mit einer Leidenschaft, die mich früher zu allem fähig gemacht hätte. Jetzt war da nur noch der Geschmack schmerzlicher Süße von Liebe und Abschied. Als Klara zurückkam, konnte ich die Tränen nicht mehr zurückhalten.
„Liebes", sagte Klara zärtlich, „ich werde nie vergessen, dass ich Dich nicht verdient habe."

„Unsinn", tat ich sie ab, „heulende Weiber im Kindbett nimmt doch kein Mensch ernst. Also kümmert Euch jetzt um meinen Kleinen."

Das Kindermädchen versorgte in stoischer Ruhe jetzt auch Severin und er schien auch ihr erklärter Liebling zu sein. Unermüdlich schob sie die bunten Kugeln auf der Stange über seinem Bett hin und her, sodass er in Kürze die unglaubliche Fähigkeit besaß, seine Blicke koordiniert ihren Händen folgen zu lassen und schon bald darauf begann er zu lächeln, wenn ihre Finger über sein Mäulchen strichen.
„Er kommt ganz nach seinem Vater", dachte ich nicht ohne Stolz, auch wenn ich Karl in den Nächten zu vermissen begann. Mit Evelyn hatte ich nicht darüber gesprochen, aber ich wusste mit Bestimmtheit, dass das Mädchen seine Leidenschaft vollständig auf-
brauchte.
Anfang Dezember kam er in mein Bett und blieb bis zum Morgen. Als sich das brennende Gefühl zwischen meinen Schenkeln beruhigt hatte, drückte ich ihn mit dem Gewicht meines Körpers gegen das Bettlaken.
„Ich werde zu Weihnachten mit Jaques und Severin nach Frankreich reisen, auch Klara und Jules werden da sein", sagte ich. „Wenn Sie mir Evelyn und Karl mitgeben, werden Sie in dieser Zeit das Haus nur für sich und das Mädchen haben."
„Und Sie", fragte er animiert, „werden Sie Ihre Beine für Mathis oder Jules breit machen oder für beide?"

„Und Sie", setzte ich zum Gegenhieb an, „werden Sie dem jungen Ding jetzt schon ein Kind machen oder erst später?"
Mit einer groben Bewegung schob er sich hart in mich.
„Warum sollte ich, niemand genießt es bereitwilliger, von mir geschwängert zu werden, als Sie."

Eine Woche vor Weihnachten flogen Evelyn und ich mit den Kindern nach Frankreich. Karl hatte Arbeit vorgeschützt und erklärt, er würde die wenigen Tage in den Golfclub übersiedeln.
Grand-père war verrückt danach, die Kinder um sich zu scharen und Severin in seinem Bettchen schlief seelenruhig zwischen dem Getümmel.
Evelyn und Klara unternahmen mit den Kindern Schlittenfahrten, bei denen Grand-père auf dem Kutschbock thronte.
Ich war meist zu unruhig, um still zu sitzen und unternahm lieber auf Daisy lange Ritte über die weiten einsamen Felder.
Als mich eines Abends die frühere Dämmerung überraschte, beschloss ich, nicht durch den Wald zurückzureiten, sondern auf einen Umweg über ein winziges Dorf auszuweichen.
Womit ich allerdings nicht gerechnet hatte, war, dass man jetzt begann, mich zu suchen. Ungefähr zehn Minuten vor Erreichung unseres Gutes war ich abgestiegen, um mich in einem offenen Gasthaus zu orientieren. Minuten später trat Jules ein und meine Erleichterung war unermesslich. Jules hatte ein Handy dabei

und verständigte Klara, dass er mich gefunden hatte. Zu den Pferden ging ich voran, aber dann wurde mein Schoß plötzlich von Schritt zu Schritt schwerer und ich hatte das Gefühl aufzuschwellen wie ein Ballon und Jules in mir zu spüren.

Wie sollte ich die letzten Meter überstehen und wie, um Gottes Willen, sollte ich in diesem Zustand mein Pferd besteigen, aber Jules nahm auch meine Zügel in die Hand und zog mich vor sich auf seinen Sattel.

Als wir bereits die vertrauten Lichter des Hofes vor uns sahen, glitten Jules Hände plötzlich unbeherrscht unter meine Reithose bis ich die Schenkel für ihn öffnen konnte und seine Härte das rhythmische Hämmern des Galopps übernahm und sich süß, grausam und tief in mich schlug.

Als er mir vor dem Stall vom Pferd half, wusste ich, dass damit der Rest der einzigen Liebe meines Lebens begraben worden war und Zeuge meiner Erfüllung war nur noch der treue, alte Hengst gewesen, den Mathis zärtlich liebte.

Dann hüllte mich die Sorge meiner Lieben ein.

Der Heilige Abend wurde ein glücklicher Tag. Die geschmückte Riesentanne in der Wohnhalle war ein Meisterwerk Evelyns und die Zuggarnitur, für die Jaques Schienen in großem Bogen um den Baum verlegt hatte, bot das reine Entzücken für Karl und Jaques-Charles, die in den kleinen Wagen saßen und nur noch rundum gefahren werden wollten.

Alle schienen glücklich zu sein, aber ich war unruhig, denn ich bin nicht für Familienidylle geschaffen und hatte weiß Gott auch keinen Grund dazu.

„Kind“, sagte Grand-père zu mir, als wir zu Bett gingen, „Du musst Dich entspannen. Würde es Dir gefallen, zwei Tage nach Paris zu fliegen? Unser Bürgermeister wird seiner Mutter den üblichen Weihnachtsbesuch abstatten und würde Dich in seiner kleinen Maschine gerne mitnehmen.“
„Was soll ich allein in Paris?“, fragte ich desinteressiert.
„Du könntest Juliette besuchen, sie singt in einem sündteuren überaus angesagten Nachtclub.“
Wurde mir da überraschend eine Hand geboten um mich dem Schrecken einer tiefen Niedergeschlagenheit zu entziehen?
„Würdest Du Juliette für mich anrufen?“
„Sie erwartet Dich bereits.“
Sofort begann ich, meine Garderobe zu sortieren und entschied mich letzten Endes für schwarze Jeans und einen beinahe bodenlangen schwarzen Kaschmirmantel mit einem langzotteligen dreireihigen Riesenkragen. Für den Abend mit Juliette legte ich mir einen roten Overall aus glänzender Seide und High Heels mit Plateausohlen in eine Reisetasche.
Grand-père hatte es auf seine unnachahmliche Art fertiggebracht, den Gästen die Einladung einer lieben alten Freundin, die mir durch die Reise des Bürgermeis-

ters zu seiner Mutter als einmalige Gelegenheit ermöglicht wurde, zu vermitteln.

Natürlich begrüßten alle diesen wunderbaren Zufall und wünschten mir einen wunderschönen Tag und eine gute Reise.

Am Flugplatz stand Juliette bereits vor der Abfertigung privater Maschinen und nahm mich in die Arme, es war, als hätten wir uns nie verlassen. Ich drückte meine Nase in den Spalt zwischen den Kragen und die Schulter ihres Mantels und versuchte krampfhaft, die Tränen zurückzuhalten.

„Ich weiß", sagte sie nur.

Dann nahm sie meine Tasche und wir liefen auf das Taxi zu mit dem Juliette gekommen war.

Juliette hatte eine hübsche Wohnung am Montmartre und eine junge Concierge, die um wenig Geld, aber den Bezug kostenloser Eintrittskarten für den Nachtklub, in dem Juliette auftrat, den notwendigen Haushalt in deren Wohnung besorgte.

Der Vorteil derartiger Symbiosen ist meist kein unbeträchtlicher und begann für mich bereits beim Eintreffen in Juliettes Reich.

Die junge Concierge wusste um den Besuch, den meine Freundin erwartete, hatte überraschend den Tisch gedeckt und einen kleinen, aber feinen Imbiss vorbereitet. Vermutlich saß sie auch dezent irgendwo am Ausguck, um den Besuch zu inspizieren, gesehen habe ich sie allerdings nicht.

Da wir nun fürs erste versorgt waren, konnten wir bequem darauf verzichten, außer Haus zu gehen.

Juliette war für mich wie Balsam auf jegliche Wunden. Mit Sicherheit aber war sie die unglaublichste Exzentrikerin, die ich je kannte, geschmackvoll und zielsicher in allen Dingen, die sie anging. Sie war genau der Mensch, dem man alles anvertrauen konnte. Sie war durch nichts zu erschüttern und setzte keine Maßstäbe, sie hörte nur zu.

Als ich meine rückhaltlose Erzählung beendet hatte, fühlte ich mich unglaublich erleichtert.

„Du hast nichts mehr zu befürchten", sagte sie, „es war richtig von Euch beiden, den fälligen Schlussakkord zu setzen. Jules und Klara werden so glücklich werden, wie Du es gewollt hast und Du hast Deinen Frieden schon gefunden, ich weiß es."

„Woher weißt Du das so genau?", fragte ich getröstet.

„Ich weiß immer genau, was Du fühlst und weiß, was Du brauchst."

Sie lächelte und schob das Revers ihres Wickelkleides zur Seite. Sie trug noch immer keinen Büstenhalter und die feste aufrechte Spitze auf dem übergroß aufgeworfenen Warzenhof ihrer linken Brust nahm mich wie früher augenblicklich gefangen.

Juliette drückte sanft meinen Kopf an sich und ich suchte diese wundervoll vertraute, köstliche Warze mit meiner Zunge und begann aus ihr das herrliche Kribbeln bis zwischen meine Beine zu saugen, das alle Gedanken abtauchen ließ, bis meine Finger über und in sie glitten, und ich mich fiebrig der aufregenden Melodie hingab, die ich damit erzeugte.

Sanft zogen wir einander die Kleidungsstücke wie einen wohligen Schauer über die hoch sensible Haut und nahmen uns in Besitz, bis wir satt und untrennbar ineinander verschmolzen schienen.
Die glückliche Ruhe, die mich nun überkam, machte, dass ich bewegungslos auf dem Sofa lag bis Juliette aus der Dusche kam, und ich erhob mich erst, als es an der Zeit war, mich für den Abend vorzubereiten.
Innerhalb einer halben Stunde war es mir dann gelungen mich in eine Abendschönheit zu verwandeln, aber Juliette war bereits vorausgefahren, da sie sich in ihrer Garderobe anzukleiden und zu schminken pflegte.

Gegen einundzwanzig Uhr traf ich backstage ein und wurde vom Geschäftsführer der Bar an einen kleinen runden Tisch vor dem Klavier geführt. Gespannt nippte ich aus meiner Champagnerschale, in deren Inhalt neckisch kleine goldene Späne blitzten.

Dann kam Juliette ans Mikrophon, eine wunderbar androgyne Erscheinung in Schwarz, deren raue Stimme den Raum erfüllte und geheime Wünsche weckte: „Parlez moi d'amour".
Zwischen ihren Auftritten saß sie bei mir am Tisch.
„Ich werde Dich Raimond anvertrauen", sagte sie, „er ist der Besitzer diverser Nachtclubs, auch dieser hier gehört ihm. Außerdem ist er mein Geliebter und wird Deiner sein für diese Nacht."
„Warum ich?", fragte ich erstaunt zögernd.

„Er wird Dir zeigen, wer Du bist und geben, was Du heute brauchst, perfekte Lust, ohne Liebe zu heucheln und ohne unsinniges Balzverhalten."
„Technisch ausgereiftes Liebesspiel und Du bist einverstanden?"
Sie nickte.
„Ja, mein Herz", sagte sie, „aber nur bis zum Frühstück, danach werde ich Dich umbringen, wenn Du auch nur versuchen würdest, ihn anzumachen."
„Wann wird er mich in sein Bett zerren?"
„Bevor ich Blue Velvet zu Ende gesungen habe."
Der große attraktive Mann, dessen arroganter Gesichtsausdruck seine liebenswürdige Miene Lügen strafte, trat an unseren Tisch und Juliette machte uns miteinander bekannt.

Raimond nahm meine Hand und zog beim angedeuteten Handkuss fragend eine Braue hoch: „Mouche? Ein origineller Name. Ist dieses Rätsel lösbar?"
„Ich bin ständiger Gast am Honigtopf."
„Das pflegen sonst eigentlich Bienen zu tun."
„Dazu fehlt mir Fleiß und Beständigkeit."
„Das ist nebensächlich", sagte er ernst, „Sie sind schön."
„Dies liegt wohl immer im Auge des Betrachters."
Lächelnd hob er das Glas.
„Dann darf ich Sie also um diese Nacht bitten?"
„Wenn sie mir Ihren Arm leihen."
Er erhob sich. Sein Schlafzimmer befand sich auf der zweiten Etage.

Es gibt Dinge, von denen ich keine Ahnung hatte, die ich nicht einmal für möglich gehalten hätte. Raimond ließ mir alle Zeit, die ich brauchte, um für ihn bereit zu sein und lenkte mich einfühlsam in den Genuss, den ich so noch nicht erlebt hatte. Ungläubig und brünstig folgte ich seinen Verführungskünsten in eine wundervoll gewalttätige Abhängigkeit.

Als ich keinen klaren Gedanken, keine Stimme und keine Kraft mehr etwas zu geben oder mich zu bewegen hatte, zog mich Raimond in die sprudelnden Wellen eines Jacuzzi. Mit einem grobmaschigen Handschuh rieb er langsam über jeden Zentimeter meines Körpers und ließ unsere Begegnung mit schmeichelnder Zunge und dem unbarmherzigen Sog seiner Lippen ausklingen, indem er fordernd meine letzte überquellende Hingabe schlürfte wie den schmackhaften Inhalt einer köstlichen Auster und dazu eine Schale alten moussierenden Champagners trank.

In dieser Nacht verlor ich jeden vielleicht noch vorhandenen Rest von Unschuld, wobei ich mich auch unter dem erfüllten Wunsch verströmt habe, meine demütige lüsterne Unterwerfung habe Juliette klebrige Nässe bis tief in die Innenseite ihrer Oberschenkel beschert.

Nur sie konnte nämlich die Wanne gefüllt haben, während ich mich mit Raimond in der Paranoia grenzenloser Geschlechtlichkeit wand.

Als Grand-père mir sagte, dass er Evelyn gebeten habe, Karl zu verlassen, um nach Frankreich zu gehen, sah ich keine Veranlassung mehr, unbeteiligt die Dinge geschehen zu lassen.

Vielleicht musste sie wirklich rückhaltlose Klarheit haben, bevor sie die endgültige Entscheidung traf.

Ich sagte Evelyn, dass Karl die Weihnachtsfeiertage nicht im Golfclub, sondern im Bett des Kindermädchens verbrachte.

Ein Anruf im Golfclub machte sie unsicher und sie willigte ein, sich selbst zu überzeugen. Diesmal hatte Karl den Bogen überspannt.

Evelyn überraschte die beiden in der mir bereits bekannten Situation und verlangte, dass das Mädchen sofort das Haus zu verlassen habe. Dies lehnte Karl kategorisch ab und die dreiste Göre forderte Evelyn auf, sich genauer im Spiegel zu betrachten.

Evelyn nahm die nächste Maschine und flog zu Grand-père zurück. Zwei Tage später kam Karl wegen eines leichten Schlaganfalls für einige Tage ins Spital.

Was sollte nun geschehen?

„Wir dürfen das Geschäft nicht verlieren."

Evelyn war am Rande ihrer Nervenkraft, sah aber keine andere Möglichkeit, als nach Wien zurückzukehren.

„Ich werde es tun", sagte ich „ich werde die Dinge in die Hand nehmen."

„Wieso glaubst Du, stark genug zu sein, diesen Zustand zu ertragen und Dich dann gegen ihn durchzusetzen?", fragte Evelyn.

Ich lachte nur.

„Ganz einfach, ich liebe nicht ihn, sondern seine Triebhaftigkeit, das hast Du früher schon sehr richtig erkannt. "

Nun war ich erleichtert, jetzt hatte Evelyn wenigstens begriffen, wie gefährlich eine Kindfrau im Bett eines alternden Mannes sein konnte, nur weil er ihrer Jugend verfallen war.

„Aber, Du weißt wirklich, was jetzt auf Dich zukommt?", fragte Grand-père ernst.

„Ich weiß es", antwortete ich, „er hat zwei Kinder mit mir und ist Vater des kleinen Karls, also werde ich es nicht zulassen, dass sich dieser Mann seiner Verantwortung entzieht. Meiner Kraft hat er nicht mehr viel entgegenzusetzen, also wird er kapitulieren und seinen Appetit auf Lolita im Gitterbettchen vergessen müssen."

Wenn ich ehrlich zu mir selbst war, hatte ich nach meinem heroischen Verzicht auf Jules zugunsten Klaras eine gewisse Zeit nur elende Schwäche gezeigt, aber Juliette hatte mich von Zweifeln und Selbstmitleid geheilt und ich begann, mich mit mir selbst auszusöhnen. So war mir auch bewusst geworden, warum ich ständig gescheitert war. Ich allein hatte mich in die Opferrolle gedrängt, in der ich endlos verharrte, da ich mein Bild nur im Spiegel meiner Wünsche betrachtete und die Wirklichkeit ignorierte.

Raimond hatte mir bewiesen, dass ich dazu geschaffen war, körperliche Reize zu reflektieren und damit zufrieden zu leben, sie mussten allerdings dazu geeignet sein, mich durch Unterwerfung zu erregen. Ignorierte ich diese Tatsache, war ich anfällig für Schwäche und Misserfolge. Meine Stärke war eindeutig, keine Korrekturen in konventionellen Gefühlsdingen vornehmen zu müssen und dadurch meinen Beherrscher herauszufordern, hier würde ich gewinnen. Meine Liebe und den einzigen Mann, den ich wirklich geliebt hatte, oder vielleicht immer lieben werde, hatte ich Klara geschenkt, denn ich glaube, Klara bedeutet für mich alles, was ich je in mir gesucht, aber nie gefunden habe. Nun würde ich für sie nach ihrem Glück auch die ihr zustehenden Rechte sichern.

Kurz entschlossen überließ ich meine beiden Söhne den liebenden Händen Jaques und Evelyns und flog umgehend nach Wien zurück. Evelyn hatte mich dabei auch offiziell mit der Vertretung ihrer Rechte ausgestattet.

Die erste Maßnahme, die ich traf, war die junge Frau aus dem Haus zu entfernen. Eine gewisse Schwierigkeit bestand darin, dass sie sich bereits überall niedergelassen hatte, denn offensichtlich sah sie sich schon als tonangebend im Haus.
Nachdem sie Karl im Krankenhaus aufgesucht hatte, um sich zu beschweren, fand sie ihre Sachen, die ich inzwischen eingesammelt und verpackt hatte, im Flur des Hauses.

Unnötig zu sagen, dass ihr Karl alles zugesagt hatte, worauf sie bestand, ich aber stellte ihr für den Fall, dass sie nicht sofort verschwand, in Aussicht, sie gewaltsam hinauszuwerfen.

Dann suchte ich Karl auf, ignorierte seine feindselige arrogante Haltung und teilte ihm Evelyns Entschluss ihn zu verlassen, den Hinauswurf seiner jugendlichen Gespielin und meinen weiteren ständigen Verbleib in seinem Haus mit. Auch die Ermächtigung Evelyns für mich, sie zu vertreten und in ihrem Namen zu handeln, brachte ich ihm nachhaltig zur Kenntnis.

Beleidigt ignorierte er mich und meine Erörterungen, aber an der Tatsache, dass ich inzwischen das Geschäft weiter führte, rührte er nicht.

Karl war jedoch nicht der Mann, den man unterschätzen durfte, also suchte ich ihn trotz seiner ablehnenden Haltung jeden Tag im Krankenhaus auf, sprach über die Geschäfte, berichtete ihm vom Leben seiner Kinder und berührte gelegentlich seine Hände, auch wenn er es nicht zur Kenntnis nahm.

Als Karl in Hauspflege entlassen wurde, hatte ich es abgelehnt, eine Krankenschwester beizuziehen und übernahm es selbst, ihn zu versorgen. Er lehnte jedes persönliche Gespräch ab, erwartete aber jeden Tag Bericht über das Geschehen im Laden.

Gelegentlich glaubte ich dann, einen Riss in seiner Feindlichkeit zu entdecken. Er schien erleichtert zu sein, wenn ich nach ihm sah und Tage später verlangte er sogar, stundenweise im Laden zu sitzen.

Da er keine Schäden davongetragen hatte, die seine Körperfunktionen beeinträchtigten, begann ich es zu fördern, dass Karl sein Leben wieder aktiv in den Griff bekam, es musste nur mit Schonung angegangen werden.
So begann ich sorgfältig, ihn auch dort zu konsultieren, wo es keine Notwendigkeit dafür gab.
Langsam schien der Zeitpunkt zu kommen, wo ich meine beiden Kinder nach Wien holen konnte.

Evelyn und mein geliebter Jaques hatten es ehrlich verdient, dass ihr Leben endlich in ruhigere Bahnen gelangte und waren mir zutiefst dankbar dafür, dass ich unter Selbstüberwindung und mit starker Hand die Geschehnisse in die Hand genommen hatte.
Aber auch für mich war es hoch an der Zeit, klare Verhältnisse zu schaffen. Dazu war unverzichtbar, dass ich meine beiden Söhne neben mir hatte, aber auch ihr Vater musste den Platz einnehmen, der dem Wohle der Kinder angemessen war. Außerdem musste ich offiziell berechtigt sein, auf das Geschäft zu achten und Entscheidungen zu treffen.
Zunehmend begann es mich aber immer mehr zu ärgern, dass ich trotz aller Bemühungen noch immer einem feindseligen, unkooperativen Klotz gegenüberstand.
Nachdem ich dann an einem der folgende Abende das Geschäft geschlossen hatte und er trotzdem keine Anstalten traf, in die Wohnung hinaufzugehen, sondern am Sofa im Arbeitszimmer Platz nahm um sich osten-

tativ in eines seiner Bücher zu vertiefen, hatte ich genug von seinen Allüren. Sollte er ruhig bis zum Morgen dort sitzen bleiben, auf jeden Fall aber ohne meine Gesellschaft.

Ich lief hinauf in mein Schlafzimmer, duschte kräftig, hüllte mich in einen Bademantel und bediente mich an der Single-Malt-Flasche so lange, bis sich die anregende Wirkung ihres Inhalts wohltuend in meinem Körper ausbreitete und mein Ärger sanft abklang.

Ich griff zu dem Buch, das ich beinahe zu Ende gelesen hatte und wollte zu Bett gehen, doch dann kam mir plötzlich ein gänzlich anderer Gedanke.

Kurz entschlossen ging ich daran, meine Überlegung in die Tat umzusetzen. Ich legte mein Buch zur Seite, wechselte den Frotteemantel gegen das rote Negligee und ging hinunter ins Arbeitszimmer. Da ich direkt vor Karl stehen blieb, musste er mich trotz seiner abwehrenden Haltung zur Kenntnis nehmen.

Langsam schlug ich meinen seidenen Mantel zurück und schob meine Brüste in den Mittelpunkt seines Blickfeldes. Dann begann ich sie langsam und anschaulich anzufassen, durchzukneten und mit den Nippeln zu spielen, bis sie ihm hart und fordernd entgegen stachen.

Es vergingen Sekunden, dann nahm er die Einladung an.

Der Sog seines Mundes zusammen mit den lockenden Bewegungen seiner Zunge schickten Stromstöße bis in die kleine köstlich erregte Erhebung zwischen meinen Beinen, seine Hände erforschten rasch und kundig die

Bereitschaft meines Körpers und dann erlebte ich unkontrollierbar eine so gewaltige Explosion, wie ich sie eigentlich durch das Stakkato seiner Bewegungen haben wollte und da ich nicht bereit war, jetzt darauf zu verzichten, griff ich zwischen seine Schenkel und stülpte meine Feuchtigkeit über ihn.
Ab sofort schliefen wir wieder so genussvoll miteinander wie früher.

Ich gönnte Karl noch zwei Wochen Schonung und genoss seine wiederkehrende Kraft, dann holte ich unsere beiden Söhne nach Wien und das Leben hatte sich für alle Beteiligten im besten Sinne konsolidiert.
Vermögen und Geschäft blieben für die Kinder erhalten.
Auch Evelyn war die längst fällige Entscheidung abgenommen worden, sodass sie und Grand-père nun ungetrübt glücklich sein und ihre Sinnlichkeit ausleben konnten, Klara hatte das mit allen Fasern ihres Herzens herbeigesehnte Ziel erreicht und ist die ergebene Ehefrau des wunderbaren Jules und inzwischen Mutter seiner beiden Söhne.

Ich selbst blieb meiner Linie trotz aller Erkenntnisse treu, lebe zwar jetzt einträchtig mit Karl, bin aber doch nicht seine Ehefrau. Eher Geliebte oder so etwas wie zweite Wahl, wenn man es in kleinbürgerlichen Kategorien ausdrücken wollte.

Aber, Selbstbewusstsein und eine klare Sicht der Dinge ist meiner Erfahrung nach das wichtigste im Leben einer Mouche, falls es sich nicht grade um eine Eintagsfliege handelt.
Ich jedenfalls bin hoch zufrieden mit dem köstlichen Honigtopf, an dem ich so gerne nasche, und freue mich schon riesig darauf, Grand-père in zwei Wochen mit unserem dritten Kind, einem kleinen Mädchen, zu überraschen.

Weitere Buchtitel der Autorin:

„DIE FÄLLE DES MAJOR JOSCHI BERNAUER":

Band 1   Mörderischer Kontrakt   ISBN 9781530831760

Band 2   High Heels und Pisse   ISBN 9783741267437

Band 3   Zum Sterben schön   ISBN 9783752877007

Band 4   Vater unser   ISBN 9783749433339

Band 5   Laurins Zorn   ISBN 9783750415386

Band 6   Die Wurzel aller Übel   ISBN 9783752684209